KB038181

DREAMBOOKS

무적군주 로이스

오렌 판타지 장편소설

ORIGINAL FANTASY STORY & ADVENTURE

dream
books
드림북스

무적군주 로이스 2

초판 1쇄 인쇄 2018년 3월 21일
초판 1쇄 발행 2018년 4월 2일

지은이 오렌
발행인 오영배
기획 박성인
책임편집 이예찬
디자인 권지연
일러스트 문필재
제작 조하늬

펴낸곳 (주)삼양출판사 · 드림북스
주소 서울시 강북구 도봉로 173
대표 전화 02-980-2112 **팩스** 02-983-0660
편집부 전화 02-980-2116 **팩스** 02-983-8201
블로그 blog.naver.com/dreambookss
출판등록 1999년 3월 11일 제9-00046호

ISBN 979-11-283-9392-1 (04810) / 979-11-283-9390-7 (세트)

드림북스는 (주)삼양출판사의 판타지 · 무협 문학 브랜드입니다.

무적군주 로이스

2

오렌 판타지 장편소설

ORIGINAL FANTASY STORY & ADVENTURE

dream
books
드림북스

Contents

Chapter 1
로이스, 분노하다!

"넌 뭐하는 놈이지?"

"제 이름은 라크아쓰! 네이더들의 두목입니다요."

네이더라는 이름의 거대 거미 종족. 그것들의 우두머리가 바로 이 앞의 라크아쓰였다.

로이스는 고개를 끄덕였다.

"좋아. 내가 물어보는 말에 순순히 대답하면 살려 주겠다."

"그런 건 아주 쉬운 일. 무엇이든 물어보시지요."

로이스는 라크아쓰의 비굴한 모습이 그다지 마음에 들지 않았지만 어차피 위협 앞에 비굴하지 않은 몬스터는 없었다.

그나마 당당했던 녀석은 자이언트 오크 대장 라개드 정도였다. 죽도록 맞고 쓰러지면서도 비굴한 모습을 보이지 않아 로이스가 친구로 인정했던 것이다.

'라개드 녀석은 잘 지내고 있는지 모르겠네.'

말하지 않아도 아주 잘 지내고 있을 게 분명했다. 마화와 로이스가 사라진 체란산에서 라개드를 위협할 존재는 없으니 말이다.

로이스는 라크아쓰를 힐끗 노려보며 물었다.

"이 숲에서 네가 제일 강하냐?"

라크아쓰는 곧바로 대답했다.

"그럴 리가요. 이 숲의 지배자는 마족 하이칸 님이죠. 저는 그분의 부하 중 하나일 뿐입니다."

"뭐 마족?"

순간 로이스의 두 눈이 휘둥그레 커졌다. 체란산에서 읽었던 소설에서 마족에 대해 본 기억이 있기 때문이다.

마왕의 휘하에서 온갖 나쁜 짓은 다하는 사악한 존재.

마계에나 있다는 그 마족이 실제로 있을 뿐만 아니라 이 숲을 지배하고 있을 줄이야.

한편 라크아쓰는 로이스가 마족이라는 말에 겁을 먹었다 여겼는지 돌연 의기양양한 눈빛으로 로이스를 쏘아보며 태도를 바꿔 말했다.

"멍청한 인간 놈! 이제야 상황을 파악했느냐? 하이칸 님께 죽고 싶지 않다면 빨리 꺼지는 게 좋을 것이다."

"너야말로 죽고 싶은가 보군."

이럴 때는 말이 필요 없다. 로이스는 할버드로 라크아쓰의 몸체를 한 대 내려쳤다.

퍼억!

순간 라크아쓰의 몸체 일부분이 그대로 함몰되었다.

"꾸, 꾸어어억! 잘못했습니다. 용서를!"

라크아쓰가 비명을 지르며 몸을 떨었다. 그러나 그렇게 움푹 내려앉았던 부분은 잠시 후 언제 그랬냐는 듯 본래 상태로 돌아왔다. 로이스가 인상을 찌푸렸다.

"뭐지? 금방 멀쩡해지네?"

"저는 마족 하이칸 님이 주입해 주신 마력으로 인해 강력한 재생 능력을 가지고 있습니다."

"부서져도 계속 복원된다는 거야?"

로이스가 시험해 보자는 듯 또다시 할버드를 휘두르려 하자 라크아쓰는 기겁하며 외쳤다.

"자, 잠깐!"

"뭐냐?"

마족의 마력이 아무리 대단하다한들 끝없이 후려치는 데는 당해 낼 재간이 없을 것이다.

'이, 이대로 저놈에게 몇 대만 더 맞는다면 난 진짜 죽을지도 몰라.'

라크아쓰는 최대한 불쌍한 표정을 지으며 로이스에게 사정했다.

"모든 걸 다 말할 테니 살려만 주십시오. 저는 당신이 궁금해할 만한 많은 걸 알고 있습니다."

"내가 궁금해할 만한 게 뭔데?"

로이스가 시큰둥한 표정으로 묻자 라크아쓰는 잽싸게 다시 입을 열었다.

"이 숲은 본래 이꼬트들이 지배하고 있던 곳이었죠. 그들은 언제 올지 모르는 용자를 기다리며 고대 용자의 보물을 지키고 있었는데, 하이칸 님은 바로 그 보물을 빼앗기 위해 오래도록 전쟁을 벌여 왔습니다."

"이꼬트?"

로이스의 눈빛이 묘하게 반짝였다. 이꼬트는 토끼의 귀를 가진 이종족으로 그 또한 소설에서 읽어 본 바 있었다.

매우 귀엽게 생긴 외모를 가진 존재들!

그런데 그런 이꼬트가 실존한다는 사실보다 더욱 놀라운 것은 그들이 고대 용자의 보물을 가지고 있다는 내용이었다.

"이꼬트 녀석들이 진짜 그런 보물을 가지고 있어?"

"하이칸 님이 그렇게 말씀하셨으니 틀림없겠죠."

"어떤 보물인데?"

"광휘의 망토라고 했습니다."

"망토?"

"그렇습니다."

로이스가 관심을 보이자 라크아쓰는 잘되었다 싶은지 계속해서 말했다.

"그것은 오직 용자만 장착할 수 있는 망토로 만약 용자가 그것을 얻게 되면 큰 힘을 얻게 된다고 들었습니다."

"그런 대단한 물건을 왜 이꼬트들이 가지고 있는 거지?"

"그건 저도 모릅니다. 확실한 건 이꼬트 녀석들이 고대 용자의 보물인 광휘의 망토를 가지고 있고, 하이칸 님은 그것을 빼앗으려 하고 있다는 거죠."

이꼬트들이 마족을 상대로 아직까지 그 보물을 지켜내고 있다니 놀라운 일.

'오직 용자만이 쓸 수 있는 고대 용자의 보물이라니! 하지만 나에게는 소용이 없는 물건이잖아.'

로이스는 그 망토에 호기심이 들었지만, 자신이 용자가 아닌 이상 필요 없는 물건이라는 사실에 왠지 침울해졌다.

'왜 난 용자가 아닌 거야?'

여전히 로이스는 용자에 대한 미련을 갖고 있었다.

연약한 소녀 아시엘보다는 자신이 더 용자의 자격이 있

다고 생각하기 때문이다.

'어쩌면 릴리아나가 잘못 알고 있는 걸지도 몰라. 내가 용자인지 아닌지는 그 망토를 얻으면 알 수 있겠지.'

그렇다. 오직 용자만 장착할 수 있다는 광휘의 망토를 두를 수 있다면 자신이 용자인지 아닌지 확실히 알 수 있을 것이다.

'후후, 틀림없어. 난 용자가 분명할 거야.'

그렇게 밝아지는 로이스의 표정을 라크아쓰가 힐끔 쳐다보며 말했다.

"또 뭐 궁금한 것이 있으면 물어보십시오. 제가 아는 건 다 말하겠습니요."

비굴하지만 어떻게든 살아 보겠다고 기를 쓰는 기색이 역력했다. 로이스는 잠시 침묵했다가 입을 열었다.

"그런데 그 마족 녀석은 왜 고대 용자의 보물을 빼앗으려고 하지? 어차피 그건 용자가 아니면 사용하지 못할 텐데."

"그 이유는 저도 모릅니다."

라크아쓰는 그에 대해서는 말하지 않았다. 모르는 건 대답하지 않겠다는 뜻이다.

그런데 바로 그때였다.

돌연 주변의 공기가 세차게 진동하더니 로이스와 라크아쓰가 있는 동굴 안에 뭔가가 나타났다.

츠으으으!

시커먼 구름이 휘돌며 하나의 형체를 이루었으니!

몸체는 인간형!

다만 마치 파리를 연상케 하는 수십 개의 눈을 가진 존재였다.

번뜩!

그 수십 개의 눈이 로이스를 차갑게 노려봤다.

"감히 이곳이 어디라고 인간 따위가 나타나 건방을 떨고 있는 것인가!"

악마가 울부짖는 듯한 음성. 만약 로이스가 아닌 다른 이가 이 자리에 있었다면 저 음성을 듣는 것만으로도 공포에 질리고 말았을 것이다.

그러나 로이스는 눈 하나 깜빡하지 않았다. 그는 힐끗 라크아쓰를 쳐다보며 물었다.

"저놈은 또 뭐야?"

라크아쓰가 잽싸게 대답했다.

"마족 플리게! 저분은 하이칸 님의 오른팔과 같은 부하입니다."

마족이라니!? 하이칸 말고도 또 한 명의 마족이 이 숲에 존재할 줄이야. 그러나 하이칸의 부하인 걸 보면 그보다는 약한 마족인 모양이었다.

한편 그렇게 자신의 정체를 라크아쓰가 밝혀 버리자 플리게는 크게 분노했다.

"라크아쓰! 네놈의 그 가벼운 입을 두 번 다시 벌리지 못하게 영원히 봉인해 버리고 말 테다."

움찔.

라크아쓰는 두려운 듯 몸을 움츠렸다.

"부, 부디 용서를! 저자가 말하지 않으면 죽이겠다고 협박을 해서 어쩔 수 없었습니다요."

"닥쳐라! 고작 인간의 협박 따위에 함부로 입을 놀리다니! 아무튼 네놈은 조금 있다가 보자."

플리게는 먼저 로이스부터 손을 보고 그 후에 라크아쓰도 가만두지 않겠다는 듯 으름장을 놓았다. 그 말에 라크아쓰는 더욱 울상을 지으며 몸을 움츠렸다.

그때 로이스가 플리게를 쏘아보며 말했다.

"이봐, 마족! 그 겁쟁이 녀석 따윈 신경 끄고 빨리 덤비기나 해라."

로이스가 플리게의 정체를 듣는 순간 놀란 것은 두려워서가 아니다. 그 말로만 듣던 마족을 처음 보게 된 것에 신기해서일 뿐이다.

따라서 지금 플리게를 노려보는 로이스의 두 눈빛은 호기심과 투지로 가득했다.

순간 플리게가 가소롭다는 듯 손을 슥 휘저었다.

"내가 마족인 걸 알면서도 그따위 말을 하다니 세상 무서운 줄 모르는 놈이로군."

그 말과 함께 로이스를 향해 쇄도하는 시커먼 불덩어리!

콰아앙! 화르르륵!

귀를 찢을 듯한 폭음이 일며 일대가 시뻘건 화염의 불꽃에 점령되었다.

"훗, 마법인가?"

로이스는 가볍게 화염의 불꽃을 피한 후 플리게를 향해 돌진했다.

"받아랏!"

로이스의 할버드가 전방을 갈랐다.

쒸에엑!

콰앙!

그러나 할버드는 애꿎은 땅바닥만 후려치고 말았다.

"그런 단순한 공격에 내가 당할 것 같은가, 어리석은 인간!"

플리게는 로이스의 뒤쪽 멀리에서 모습을 드러낸 후 비릿하게 웃었다. 그사이 그쪽으로 공간 이동을 한 것이다.

"이그애느 라사오흐!"

곧바로 그의 입에서 알 수 없는 주문이 흘러나오는 순간 로이스를 향해 살을 에는 듯 차가운 냉기가 몰아쳤다.

휘이! 파파파파—!

시퍼런 얼음의 화살들이 사방에서 몰아치듯 날아드는 터라 도무지 피할 공간이 없었다.

'역시 만만한 녀석은 아니었군.'

피할 수 없다면 막는다. 로이스는 할버드를 휘둘러 정면으로 날아드는 얼음 화살들을 마구 쳐 냈다.

팍! 파악! 파팍!

할버드에 가로막힌 얼음 화살들이 산산이 부서지며 흩어졌다. 그렇게 순식간에 십여 개의 화살들이 사라져 버리자 플리게는 내심 놀랐다.

'뭐하는 놈이기에 저리 빠른 건가?'

비로소 플리게는 로이스가 만만치 않은 존재임을 알았다. 처음에는 그저 호기심 많은 인간 모험가 중 하나라 여겼는데, 지금 보니 알 수 없는 기운이 그의 몸에서 흐르고 있어 섣불리 얕잡아 봤다간 도리어 당할 수도 있었다.

'이꼬트들이 궁지에 처해 있는 지금 갑자기 나타난 인간 전사라! 그렇다면 혹시 인간 용자인가?'

플리게의 두 눈이 돌연 섬뜩하게 빛났다.

'틀림없다. 저놈은 인간 용자 아니면 그 용자의 부하인 게 분명해. 저놈을 잡아 하이칸 님께 데려가면 크게 기뻐하

시겠군.'

그 즉시 플리게는 뭐라 주문을 외웠다.

"장난은 여기까지다, 인간! 이제 그만 끝내도록 하지. 이 그애느 가브고스……."

로이스를 향해 휘몰아치던 얼음 화살들이 모두 시퍼런 손으로 변했다.

스스스. 스스스스.

사방에서 시퍼런 손들이 날아들어 자신을 움켜쥐려 하자 로이스는 흠칫 놀랐다.

"이건 또 뭐야?"

뭔가 꺼림칙한 느낌이 들어 잽싸게 뒤로 물려나려 했지만 그때는 이미 수십여 개의 손들이 그의 몸을 둘러싼 후였다.

꽉! 꽉! 꽈악!

손들이 몸에 닿는 순간 로이스는 전신이 얼어붙는 듯한 냉기에 몸을 떨었다.

"으윽!"

몸부림을 칠수록 전신은 더욱 굳어 갔다. 온몸이 마치 돌덩이라도 된 것처럼 꼼짝도 하지 않았다.

'으! 추워!'

급기야 입조차 얼어붙어 로이스는 말도 할 수 없을 지경이 되고 말았다.

"어떠냐, 인간! 이제 네가 내 앞에서 얼마나 보잘것없는 존재인지 깨달았느냐?"

그 순간 석상처럼 굳어졌던 로이스의 몸이 세차게 흔들리더니 다시 움직이기 시작했다.

"마족! 그건 내가 할 소리야. 너 따위 놈이야말로 내 앞에선 아무것도 아니란 걸 알게 해 주지."

곧바로 플리게를 쏘아보는 로이스의 두 눈에서 시퍼런 빛이 번뜩였다.

방금 전 로이스는 지혜의 귀고리가 말하는 음성을 들었다.

((힘을 내요, 로이스 님! 당신의 마법 저항력이 마족의 저주를 풀었답니다.))

마족의 강력한 저주를 스스로 풀어낼 수 있는 힘.

이는 로이스가 그간 샤론 대륙의 이상 기후에 적응하며 각종 저항력을 높여 왔기 때문에 가능한 일이었다.

그중에는 강력한 열기와 냉기 저항력도 포함되어 있었다. 여기에 로이스가 입고 있는 영웅 등급의 방어구인 카셴의 로브가 가진 마법 저항력도 한몫했다.

따라서 일시적으로 냉기에 속박되긴 했지만 어렵지 않게 그것에서 벗어났던 것이다.

다만 그사이 냉기의 손들이 로이스의 손에서 할버드를 빼앗아 멀리 가져가 버렸고, 그로 인해 현재 로이스는 맨손이었다.

플리게는 로이스가 저주를 푼 것이 믿기지 않는다는 표정이었지만, 이내 음침하게 웃으며 외쳤다.

"네놈이 제법 몸부림을 친다만 그래 봤자 소용없다. 라크아쓰! 저 애송이 놈에게 너의 진정한 분노를 보여 주어라."

그 말이 끝나는 순간 한쪽에 웅크려 있던 거대 거미 라크아쓰의 몸체가 세차게 흔들렸다. 동시에 그것의 몸체가 두 배는 더 거대하게 변했다.

"쿠우우우우!"

귀를 찢을 듯한 포효! 라크아쓰는 아까와는 비할 수 없이 흉포한 기세를 뿜어냈다.

"쿠쿠쿠! 각오해라, 이 가소로운 인간 놈아!"

광폭화 상태로 몇 배는 강력해진 라크아쓰가 로이스를 잡아먹을 듯 노려봤다.

"무기도 없이 나를 상대할 수 있을 것 같으냐? 한 입에 삼켜 버리겠다."

라크아쓰는 로이스의 손에서 할버드가 사라진 이상 자신이 무조건 이길 것이라 확신하는 듯했다.

그러나 로이스는 조금도 당황해하는 기색이 없었다.

무기가 없으면 불리하다?

이건 보통의 인간에게는 맞는 말일지도 모른다.

하지만.

그런 상식이 전혀 통하지 않는 존재가 있으니.

바로 로이스였다.

'아쉽군. 할버드 수련 좀 해 보려 했는데.'

그렇다. 로이스가 할버드를 쥔 것은 할버드를 많이 사용해 그 단계를 올려 보고 싶은 마음에서일 뿐, 사실 로이스는 맨손일 때가 가장 강하다.

체란산에서 이미 맨손으로 무적의 지배자로 군림했다.

아기 때부터 수많은 몬스터들과 뒹굴다 보니 따로 배우지 않아도 전신을 무기로 사용할 수 있음을 본능적으로 깨달았다.

비록 미스토스의 계약으로 미흐의 기운이 사라졌다 해도 그때의 전투 감각이 어디 가겠는가.

거기에 날개를 달아 준 것이 바로 권각의 파괴력을 증가시켜 주는 맨티스거의 투지였으니.

현재 그것은 무려 29단계나 된다.

더 이상은 무슨 짓을 해도 단계가 오르지 않아 최근에는 할버드 수련을 하고 있었던 것이다.

'라개드 녀석이 가능하면 무기를 들고 싸우라 했는데 이

렇게 된 이상 어쩔 수 없지.'

인간들은 싸울 때 검이나 창과 같은 무기를 사용하니 로이스 역시 우습게 보이지 않으려면 무기를 들라는 것이 라개드의 조언이었다.

"무식하게 맨손으로 싸우지 말고 꼭 무기를 들어
라! 안 그러면 인간들이 너를 우습게 볼 거다."

즉, 로이스가 할버드에 집착했던 것은 다른 인간들에게 우습게 보이지 않으려는 목적 때문인 것이다.

좀 더 솔직하게 말하면 뭔가 있어 보이려는 목적!

더 구체적으로는 멋있어 보이려는 것!

하지만 지금은 그런 건 다 귀찮을 뿐이다.

로이스의 주먹이 바람처럼 뻗어 나가 라크아쓰의 안면을 그대로 함몰시켜 버렸다.

퍽—!

"꾸, 꾸어어어억!"

몸체에서 안면부가 사라져 버린 터라 대체 어디에서 비명이 터져 나오는지도 알 수 없는 처참한 광경.

털썩!

급기야 라크아쓰의 몸체가 부르르 떨리더니 그대로 축

늘어졌다.

죽은 것인가?

그것은 아니었다. 라크아쓰는 맥없이 축 늘어지기가 무섭게 다시 벌떡 일어나 로이스를 노려봤다.

그사이 함몰되어 사라졌던 안면부도 멀쩡하게 재생되었다.

마족이 부여한 불가사의한 복원 능력!

그러나 이미 한 번 호되게 당한 것 때문인지 라크아쓰는 섣불리 로이스를 향해 덤벼들지 못했다.

그러자 로이스는 라크아쓰를 무시한 채 마족 플리게를 향해 돌진했다.

'저 거미 녀석은 신경 쓸 필요 없어. 마족 놈부터 해치우자.'

라크아쓰를 아무리 공격해 봤자 플리게를 해치우지 않는 한 이 싸움은 끝나지 않을 것이다.

"크큭! 늦었다, 인간."

그러나 그사이 플리게는 하나의 강력한 마법 주문을 완성한 후였다.

화륵! 화르르르!

나선을 그리며 날아드는 두 개의 붉은 화염구!

로이스가 피하려 했으나 화염구들은 마치 살아 있는 것

처럼 끝까지 따라붙었다.

퍼엉!

결국 로이스의 몸체는 붉은 불꽃에 휩싸였다.

'으윽! 뜨거워!'

아까는 냉기 마법을 날리더니 이제는 가공스러운 화염 마법이라니!

그러나 잠시 주춤 뒤로 비틀거리던 로이스는 몸에 붙은 불꽃들을 털어 버리고는 차갑게 웃었다.

"이런 건 내게 통하지 않아, 마족."

로이스가 가진 열기 저항력과 더불어 몸에 장착한 카센의 로브가 발휘하는 마법 저항력이 위력을 발휘했다.

물론 그렇다 해도 이번에는 로이스 역시 제법 충격을 받았다. 그만큼 플리게의 마법이 강력했기 때문이다.

전신의 피부가 시뻘겋게 부어올라 고통이 심했지만 로이스는 그에 아랑곳하지 않고 앞으로 돌진했다.

"죽어라, 마족!"

플리게가 움찔 놀라며 뒤로 피했다.

"후후, 어딜 피해?"

로이스는 마치 순간이동을 하듯 번쩍 앞으로 날아들어 플리게의 안면을 후려쳤다.

퍼억—!

플리게의 머리가 그대로 박살 났다.

쿠웅!

머리가 사라진 몸체가 뒤로 맥없이 널브러지자 로이스는
어깨를 으쓱했다.

"별것도 아닌 녀석이었군."

마족이라고 해서 대단한 뭔가가 있을 줄 알았는데 고작
주먹 한 방에 쓰러져 버리자 왠지 싱거웠다.

그러나 바로 그 순간.

쑥!

바닥에 쓰러져 있던 플리게의 몸체가 꿈틀 움직이더니
사라진 머리 부분이 눈 깜짝할 사이에 복원되었다. 플리게
는 벌떡 일어나 로이스를 잡아먹을 듯 노려봤다.

"인간 놈! 도저히 용서 못한다."

로이스는 인상을 살짝 찌푸렸다.

'사라진 머리가 멀쩡하게 다시 생겨나다니!'

하긴 생각해 보니 그리 놀랄 것도 없다. 거대 거미 라크
아쓰가 가진 불가사의한 복원력도 마족이 부여한 마력 때
문이라고 했는데, 플리게는 마족이니 오히려 라크아쓰보다
더한 재생 능력을 가지고 있는 건 당연한 일.

"어둠의 힘이 너의 모든 것을 태우리라!"

그때 플리게의 두 눈이 시뻘겋게 번뜩였다. 사악하게 웃

는 그의 입에서 기괴한 주문이 튀어나왔다.

"므우구즈 애그너브!"

파지지직!

시커먼 빛이 로이스의 전신을 휘감았다.

죽음의 번개!

이는 하급 마족인 플리게가 보유한 가장 강력한 마법이
자 최후의 필살기였다.

화르르르―

로이스가 장착한 카센의 로브가 찢어질 듯 팽창되더니
이내 조금씩 타들어 갔다.

"이런!"

로이스의 안면이 확 일그러졌다.

전신이 생으로 익는 것 같은 가공스러운 고통 때문이 아
니다. 그보다 영웅 등급의 장비인 카센의 로브가 타고 있는
것에 놀란 것이다.

아까 화염 마법이 작렬했을 때도 멀쩡하던 로브가 맥없
이 망가지고 있다니!

"잠깐! 안 돼! 당장 멈춰!"

카센의 로브는 로이스가 무척 아끼는 옷이다.

마법 저항력을 가진 로브로서의 성능 때문이 아니라 아
주 멋져 보이기 때문이다.

그런데 그 멋진 로브가 지금 재로 변해 사라질 상황이었으니.

플리게가 입을 크게 벌리며 웃었다.

"가소로운 인간! 이제야 내 앞에 네놈이 얼마나 미력한 존재인지 깨달았나 보군."

그사이 로이스가 입고 있던 카센의 로브는 반 이상 타들어 갔다. 다른 것은 몰라도 이 옷만은 절대 잃을 수 없다는 생각에 로이스는 싸우던 것도 잊고 간곡히 외쳤다.

"멈춰라! 제발 부탁이야! 이대로 물러갈 테니 이 옷은 내버려 둬!"

"이미 늦었다! 이제 그 로브뿐 아니라 네놈의 몸뚱이도 모조리 녹아 버릴 것이다!"

플리게는 사악하게 웃으며 양손을 휘저었다. 로이스의 몸이 다시 시커먼 열기에 휩싸였다.

화르르르—

카센의 로브는 결국 완전히 재로 변해 흩어져 버렸다. 그로 인해 로이스의 알몸이 드러났는데, 피부 전체에 기포가 생겨나 눈 뜨고 못 볼 지경이었다.

뿐만 아니다.

((아……! 더 이상은 너무 뜨거워서 버틸 수가 없군요.

로이스 님 죄송…… 아악!))

　로이스가 심심하지 않게 가끔씩 소리를 들려주던 지혜의
귀고리마저 녹아 없어졌다.
　이로써 소중히 아끼던 옷뿐만 아니라 친구 같은 귀고리
까지 로이스의 곁을 떠났다.
　"절대 용서 못해!"
　아픈 건 참을 수 있어도 소중한 것을 빼앗긴 것만은 참을
수 없다.
　"죽어!"
　극도로 분노한 로이스는 그대로 날아가 무릎으로 플리게
의 안면을 찍었다.
　콰직!
　"꾸어어억!"
　처참한 비명과 함께 비틀거리는 플리게의 몸체를 향해
로이스의 두 주먹이 폭풍처럼 작렬했다.
　팍! 파팍!
　그러나 플리게의 몸은 순식간에 복원되었다. 머리를 부
수면 머리가 다시 생겨나고 떨어져 나간 팔다리 또한 금세
다시 붙었다.
　"소용없는 짓! 네가 무슨 짓을 해도 나는 죽지 않는다."

플리게는 조소를 흘리며 다시 주문을 외웠다.

"므우구즈 애그너브! 죽음의 번개여! 저 하등한 인간 놈의 몸을 모조리 태워 버려라."

파지지직!

로이스의 몸을 검은 번개가 다시 강타했다.

"으윽!"

로이스의 몸이 부르르 떨렸다. 그러나 언제 그랬냐는 듯 로이스는 다시 주먹을 휘둘렀다.

"소용없어! 이따위 공격으로는 날 쓰러뜨러지 못해!"

"이 지독한 놈 같으니!"

플리게는 치를 떨었다. 전신이 만신창이가 된 상태로도 처음과 다름없이 공격을 해 오는 로이스의 기세는 마족인 그조차 두려움을 느끼게 했다.

'역시 용자인가? 이런 놈은 반드시 죽여 없애…… 허억! 이, 이놈이!'

여유롭게 웃고 있던 플리게는 돌연 기겁했다. 마구잡이로 날아들던 로이스의 주먹이 돌연 방향을 바꿔 한곳을 노렸기 때문이다.

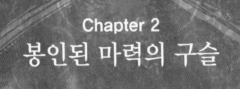

Chapter 2
봉인된 마력의 구슬

그곳은 바로 플리게의 심장이었다.

심장은 마기의 근원이 뭉쳐 있는 곳이라 그곳이 부서지면 아무리 무한 복원이 가능한 마족의 신체라 해도 무사하기 힘들었다.

"후후, 어디 심장까지 부서지고도 다시 살아나나 볼까?"

로이스는 누가 알려 주지 않았지만 본능적으로 플리게의 심장을 노렸다. 그의 주먹이 플리게의 가슴팍을 연달아 강타했다.

퍽퍽—

그런데 심장 부위로 강력한 보호막이 생성되어 있어 쉽

게 부서지지 않았다.

문제는 방어를 도외시하다 보니 플리게의 마법 공격에 더욱 무력하게 노출된 상태라는 것. 그로 인해 로이스의 꼴은 말이 아니었다.

활활! 화르르르!

전신의 피부가 용암처럼 붉게 타오른 그의 모습은 흉측한 화염 몬스터를 연상케 했다.

그 아름답던 머리카락들은 모두 증발하듯 타 버렸다.

심지어 이목구비가 분간이 안 될 정도로 얼굴의 피부까지 엉망으로 녹아 버렸다.

이대로라면 수호 요정 릴리아나가 찾아와도 로이스가 누군지 알아보지 못할 것이다.

이런 끔찍한 상태니 그 고통은 또 어느 정도이겠는가.

그러나 극도로 분노한 상태의 로이스는 그따위 고통은 알 바 아니었다. 자신의 몸이 녹아 없어질지언정 이 순간 마족 플리게의 심장을 박살 내겠다는 초절한 의지!

'죽인다! 죽인다! 반드시 죽인다!'

쾅! 콰쾅!

급기야 플리게의 심장을 보호하던 방어막에 균열이 일었다.

푹!

로이스의 주먹이 그 균열을 뚫고 들어가 심장을 그대로 움켜쥐었다. 그러고는 힘을 꽉 주는 순간.

콰지직!

플리게의 심장이 터져 버렸다.

"크윽……!"

마족 플리게가 가진 수십 개의 눈. 그 각각의 동공들이 일제히 확대되었다. 절대 이 상황을 받아들일 수 없다는 듯 불신이 가득한 눈빛들이었다.

"이, 이럴 수가……! 이, 이건 진짜 말도 안 돼……."

그의 입에서 허탈함이 가득한 음성이 흘러나왔다. 그러다 그는 원독이 가득한 눈빛으로 로이스를 노려봤다.

"가, 감히! 하찮은 인간 놈 따위가 나를……!"

"닥치고 그만 죽어!"

로이스의 주먹이 플리게의 몸을 마구 강타했다.

퍽퍽! 퍼퍼퍽!

무한 복원의 능력을 주던 마기의 근원이 사라져 버린 터라 플리게의 몸은 더 이상 재생되지 않았다.

"이 복수는 하이칸 님께서 해 주실……크아아아악!"

플리게는 결국 처참한 비명과 함께 먼지가 되어 사라져 버렸다.

화악!

그 순간 로이스의 목에서 환한 빛이 일어났다.

　　[미스토스의 은총이 당신의 노력에 대한 보상을
줍니다.]
　　[당신의 레벨이 올랐습니다.]
　　[당신의 레벨이 올랐습니다.]
　　[전투력이 상승했습니다.]
　　[최대 맷집과 최대 미흐가 증가합니다.]

이름 [로이스]
레벨 [32]
칭호 [오보츠 숲의 포식자]
신분 [미스토스 기사]
맷집 4020/4020
미흐 3500/3500

다름 아닌 군주의 목걸이가 발하는 빛의 문자들.

그동안 틈만 나면 상냥하게 속삭여 주던 지혜의 귀고리
가 사라지자, 한동안 잠자코 있던 군주의 목걸이가 다시 활
동을 개시한 것이다.

로이스는 한 손으로 목에 걸린 투명한 펜던트를 만지작

거리며 미소 지었다.

"다행히 이 목걸이는 녹지 않고 남아 있었구나."

마족 플리게의 마법에 의해 로이스가 입은 로브뿐 아니라 모든 소지품들이 녹아 버렸지만, 군주의 목걸이는 멀쩡했다.

그뿐이 아니다.

레벨이 오른 순간 만신창이 상태의 괴물로 변했던 로이스는 본래의 미소년으로 돌아왔다.

신비하게 반짝이는 머리카락은 물론이고 피부 또한 깨끗해졌다. 레벨이 오르며 신체의 상태도 최상으로 회복되었다.

"한동안 레벨이 꿈쩍도 안 하더니."

강한 적을 물리치게 되면 레벨이 다시 상승할 거라 했는데, 역시나 마족을 물리치자 무려 2단계나 레벨이 올랐다.

"그나저나 옷이 모두 타 버려서 골치 아픈 걸. 이렇게 벌거숭이로 돌아다닐 수도 없고."

체란산에 있을 때는 아무렇지도 않았는데, 이제는 옷이 사라지자 왠지 신경 쓰였다.

로이스는 멀리 바닥에 처박혀 있는 자신의 할버드를 주워 들고는 주위를 두리번거렸다. 대충 주요 부위라도 가릴 만한 것이 있나 싶어서였다.

"근데 저건 뭐지?"

먼지로 변해 버린 마족 플리게의 사체. 그 사이에서 반짝이는 뭔가가 보였다. 흑색의 작은 구슬이었다.

"웬 구슬?"

즉시 그것을 주워 들었다. 순간 다시 군주의 목걸이에서 빛이 일어났다.

[봉인된 마력의 구슬을 얻었습니다.]

'엉?'

로이스의 두 눈이 휘둥그레 커졌다.

'봉인된 마력의 구슬?'

친절하게도 군주의 목걸이가 이 구슬이 무엇인지 알려 주었다.

* 봉인된 마력의 구슬
—등급 : 전설
—마족의 특별한 능력이 응축되어 있는 구슬. 봉인되어 있어 그 능력을 알 수 없음.

"그러니까 이 구슬에 마족의 능력이 봉인되어 있다는 거군."

마족의 능력이라니 뭔가 꺼림칙하긴 했지만 그렇다고 버리자니 아까웠다. 기왕 얻었으니 들고 가서 릴리아나에게 보여 주기로 했다.

"이제 그만 돌아가자."

그러던 로이스는 동굴 한쪽에 잔뜩 주눅 든 채로 눈치를 살피고 있는 라크아쓰를 발견했다. 플리게의 마법으로 2배나 커졌던 라크아쓰는 본래 크기로 돌아온 상태였다.

"너 아까 나 공격했지?"

"그, 그게 말입니다요."

로이스는 할버드를 번쩍 쳐들고 다가갔다.

"닥쳐! 너도 심장을 부숴 버릴 테니 각오해라."

마족이 부여한 불가사의한 재생의 능력도 저 심장이 부서져 버리면 아무 쓸모가 없을 것이다.

"자, 잠깐만!"

라크아쓰는 지금 상황이 도무지 믿기지 않았다. 그는 로이스가 아무리 강하다 해도 마족 플리게의 상대는 되지 못할 것이라 생각했기 때문이다.

그런데 가히 불사의 존재라 불리는 마족이 로이스에게 죽임을 당하는 장면을 똑똑히 지켜봤으니 그 두려움이 오죽하겠는가.

그런 로이스가 지금 자신을 죽이려 하고 있었으니. 라크아쓰는 몸을 웅크리고 빌었다.

"제발 살려 주십시오."

"시끄러워. 넌 마족의 권속이잖아. 어차피 널 살려 둬 봤자 또 아까처럼 날 공격해 올 게 뻔하거든."

완전히 굴복한다면 모를까 다시 또 적이 될 게 뻔한 존재를 살려 둘 만큼 로이스는 호락호락하지 않았다.

로이스는 할버드로 라크아쓰를 겨누며 차갑게 말했다.

"너무 겁먹지 마. 고통 없이 한 방에 보내 줄 테니까."

"자, 잠깐! 호, 혹시 옷이 필요하지 않습니까요?"

"옷이라고?"

막 라크아쓰의 심장을 향해 쇄도하던 로이스의 할버드가 그 자리에 정지했다. 라크아쓰는 몸체를 떨며 대답했다.

"저, 저는 당신이 입을 만한 멋진 옷을 만들어 드릴 수 있습니다요."

라크아쓰는 아까 로이스가 옷이 사라졌다며 투덜거리던 말을 들었기에 혹시나 싶어서 말해 본 것이었다.

그런데 그 말은 뜻밖에도 위력을 발휘했다. 로이스가 흥미를 보였기 때문이다.

"그럼 어디 한번 만들어 봐."

차갑게 굳어 있던 로이스의 표정이 눈에 띄게 부드럽게 변했다. 라크아쓰는 비로소 살길을 찾았다는 듯 안도했다.

"트, 특별히 원하는 모양이 있으시면 말해 주시지요."

"모양만 정하면 그대로 만들 수 있는 거냐?"

"예. 똑같은 모양으로 만드는 건 어려운 일이 아닙니다."

라크아쓰가 워낙 자신 있게 말을 하는 터라 로이스는 과연 진짜로 그게 가능한지 궁금했다.

"그럼 아까 내가 입었던 그 로브랑 비슷한 걸 만들어 봐."

"아주 쉬운 일이군요."

곧바로 라크아쓰는 동굴 밖으로 나가 근처의 나뭇가지와 꽃잎, 잎사귀 등을 잔뜩 입으로 넣고는 으적으적 씹었다.

짭짭짭!

라크아쓰가 네이더라는 종족이라고 했지만 형상은 거대 거미일 뿐이다.

그것도 육식을 하는 거미 몬스터!

그런 몬스터가 나뭇가지와 꽃잎을 먹는 모습은 무척이나 기괴했다.

"지금 뭐하는 거냐?"

"보시면 압니다. 금세 완성될 테니 조금만 기다려 주세요."

그말이 끝나기 무섭게 라크아쓰의 꽁무니에서 붉은빛의 거미줄이 쭉쭉 튀어나왔다.

이어서 푸른빛, 검은 빛, 하얀 빛의 거미줄까지!

슥슥. 슥슥슥.

라크아쓰가 가진 여덟 개의 발 중 네 개가 바람처럼 움직이며 그 줄들을 빠르게 엮었고, 곧바로 뭔가를 만들어 가기 시작했다. 그리고 잠시 후 로이스가 입었던 카센의 로브와 거의 동일한 모양의 로브가 완성되었다.

　형형색색의 거미줄들이 튀어나오는 것까지는 그럴 수 있다 쳐도, 그것들이 엮여 옷으로 변할 줄이야!

　"자~ 이걸 입어 보시지요."

　"오~! 제법 그럴듯한 걸?"

　로이스는 흐뭇한 미소를 지으며 라크아쓰가 내민 로브를 입었다. 그 순간 군주의 목걸이가 반짝였다.

　[라크아쓰의 로브를 얻었습니다.]

　* 라크아쓰의 로브
　—등급 : 일반
　—네이더의 두목 라크아쓰가 만든 로브로 가볍고 착용감이 편함.

　영웅 등급의 로브가 아닌 일반 등급의 로브였다. 따라서 카센의 로브에 부여되었던 강력한 마법 방어력이나 카센의 마면과 같은 특수 능력은 물론 없었다.

그러나 어차피 로이스에게 그런 능력 따위는 그다지 중요하지 않다. 카센의 로브와 동일한 형상의 멋들어진 옷이 다시 생겼다는 것에 만족할 뿐이다.

"케케! 아주 멋지시군요. 옷이 마음에 드십니까?"

"아주 맘에 들어. 수고했다."

"그럼 저를 살려 주실 건가요?"

"약속은 지켜야지."

로이스는 흔쾌히 고개를 끄덕였다. 그러다 라크아쓰를 슥 노려봤다.

"대신 또 그녀들을 괴롭히면 그땐 용서하지 않겠다."

로이스는 숲 밖 언덕 위에 살고 있는 아시엘과 스위니를 절대 괴롭히지 말라는 엄포를 놓았다. 라크아쓰는 기겁하며 머리를 끄덕였다.

"예, 그런 일은 없을 테니 염려 마십시오."

"그럼 난 이만."

로이스는 그대로 돌아서서 걸어갔다. 라크아쓰는 잠시 멍한 표정으로 로이스의 뒷모습을 쳐다봤다.

'진짜 날 살려 주다니!'

일단 살겠다는 생각에 옷도 만들어 바치긴 했지만, 그렇다고 해서 로이스가 정말로 자신을 살려 줄 줄은 몰랐던 것이다.

살려 준다고 말한 후 언제 그랬냐는 듯 자신의 목적만 달성되면 죽여 없애 버리는 것!

이 같은 야비한 방식에 익숙한 라크아쓰에게 있어 로이스는 매우 특이한 존재였다.

마족을 맨손으로 해치워 버릴 만큼 강한 전투력을 가지고 있다는 것도 그렇고, 고작 옷 하나 만들어 줬다고 적을 살려 주는 것도 그렇고.

그러나 어차피 그는 조만간 죽게 될 것이다.

마족 하이칸이 절대 오늘의 일을 두고 보지 않을 테니 말이다.

하이칸은 플리게와는 비할 수 없이 강력한 존재이니 로이스가 아무리 대단한 능력을 가지고 있다 해도 그를 당해내기란 불가능했다. 물론 이는 라크아쓰의 생각이었다.

'케켓! 아무튼 살았다.'

이유야 어쨌든 라크아쓰는 살아남았다는 것에 안도했다.

스스스. 스스스스.

그때 그의 주위로 네이더들이 대거 몰려왔다. 방금 전까지 사방으로 달아났던 부하들이었다.

(모두 들어라. 앞으로 숲 밖 언덕 위에 살고 있는 인간들은 절대 건드리지 마라. 특히 방금 그자는 멀리서라도 보면 무조건 피해라. 만약 내 말을 어기는 놈은 그대로

씹어 먹어 버릴 테다.)

(예, 두목님!)

(알겠습니다요!)

라크아쓰는 몇 번이고 부하들에게 다짐을 시켰다. 혹시라도 부하들이 실수를 하게 될까 봐서였다. 그는 두 번 다시 로이스를 보고 싶지 않았다.

*   *   *

잠시 후 로이스는 숲을 빠져나와 릴리아나가 있는 곳에 도착했다.

"오늘은 내가 마족을 해치웠어! 덕분에 레벨도 올랐다고!"

"우와! 벌써 마족을 죽이다니 대단해요."

"훗, 대단하긴. 별거 아닌 녀석이었어. 이건 그 녀석을 해치우고 얻은 거야."

로이스는 봉인된 마력의 구슬을 릴리아나에게 건넸다. 그러자 그녀의 두 눈이 별처럼 반짝였다.

"세상에! 이걸 얻다니!"

"좋은 거야?"

"봉인을 풀면 이 구슬에 들어 있는 마족의 능력을 쓸 수 있어요."

"어떤 능력인데?"

"봉인을 풀기 전에는 알 수 없죠."

"그럼 어서 봉인을 풀어 봐."

로이스가 재촉하자 릴리아나는 여유롭게 고개를 끄덕였다.

"기다려 보세요. 이런 건 제게 간단한 일이니까."

그녀는 마력의 구슬을 양손으로 감싼 후 두 눈을 감고 뭐라 주문을 외웠다.

화악!

곧바로 그녀의 손에서 일어난 환한 빛이 마력의 구슬 안으로 스며들었다.

우우웅—

순간 마력의 구슬이 세차게 진동했다가 멈췄다. 릴리아나가 고개를 갸웃했다.

"이상하네."

"왜 그래? 아직 안 풀렸어?"

"잠깐만요. 사실 저도 처음해 보는 거라서."

꽃의 요정인 그녀는 태어나는 순간 이미 씨앗에 축적된 수많은 지식을 저절로 습득한다. 즉, 로이스의 수호 요정으로서 알아야 할 기본적인 것들을 누가 가르쳐 주지 않아도 스스로 깨닫게 된다.

마력의 구슬의 봉인을 푸는 것도 그중 하나. 미스토스의 힘을 이용하면 봉인은 풀 수 있었다.

그러나 문제는 뭐든 이론대로 되기란 쉽지 않다는 것!

마족의 능력이 들어 있는 마력의 구슬의 봉인은 아무리 미스토스의 힘을 쓸 수 있다고 해도 그리 쉽게 풀리는 것이 아니었다. 상당한 숙련도가 필요했던 것이다.

확!

그사이 다시 마력의 구슬이 환하게 빛났다가 본래의 흑색으로 돌아갔다.

두 번째 시도도 실패!

"이런!"

"설마 실패야?"

"죄송해요."

"죄송할 것까지야."

로이스가 픽 웃자 릴리아나는 울상으로 변했다. 명색이 수호 요정으로서 이런 것도 제대로 못하면 체면이 말이 아니다.

"이게 왜 안 되지? 잠깐만요. 다시 할게요."

"응. 다시 해 봐."

로이스는 팔짱을 낀 채로 고개를 살짝 까닥였다. 사실 그는 구슬의 봉인이 풀리건 말건 별로 관심이 없었다. 그보다는 릴리아나가 당황해하는 모습을 보는 것이 왠지 재밌었다.

"뭐야? 또 실패야?"

"그게 이번에는 반드시…… 윽!"

그러나 세 번째 시도에도 구슬의 봉인은 풀리지 않았다. 마력의 구슬은 오히려 더욱 짙은 흑색으로 변해 버렸다. 마치 너같이 하찮은 존재에게는 절대 봉인을 풀지 않겠다는 듯.

"아오! 너 진짜 나랑 한 번 해보자는 거야?"

마력의 구슬을 바라보는 릴리아나는 눈빛은 적의로 가득했다. 마치 필생의 원수라도 만난 것처럼 구슬과 씨름하기 시작했다.

문제는 그 후로도 계속 실패라는 것!

"아! 또!"

"이런! 또!"

"아, 미쳐!"

연속되는 실패에 릴리아나는 양손으로 머리카락을 움켜쥐며 괴로워했다. 그 장면을 지켜보던 로이스는 결국 하품을 하며 꽃 침대 위에 드러누웠다.

"난 좀 자고 있을게."

로이스가 잔다는 말에 릴리아나는 반색했다. 그녀가 실패할 때마다 옆에서 싱글거리는 로이스의 표정이 무척 부담스러웠기 때문이다.

"호호! 봉인이 풀리면 깨울 테니 푹 자고 계세요."

그러자 로이스는 다시 묘한 미소를 흘렸다.

"너무 무리하지 마. 못하면 어쩔 수 없지. 그냥 구슬은 안 주운 셈 치면 되잖아."

결국은 못할 것 같다는 얘기다. 릴리아나는 울컥했다.

"흥! 꼭 할 거예요. 두고 봐요. 설마 저를 못 믿는 건 아니겠죠?"

"쿨쿨~!"

그러나 그사이 로이스는 잠이 들어 버렸다.

"쳇! 너무해."

릴리아나는 맥 풀린 표정으로 털썩 주저앉았다. 그러다 이내 마력의 구슬을 잡아먹을 듯 노려봤다.

"두고 봐. 꼭 봉인을 풀고 말겠어!"

수호 요정으로서의 자존심을 지키기 위해서라도 이 봉인은 반드시 풀어야 하리라.

그렇게 릴리아나가 구슬의 봉인 해제에 몰두하고 있는 동안 로이스는 다시 눈을 떴다. 갑자기 어디선가 웅장하게 느껴지는 음성이 들려왔기 때문이다.

"용맹한 미스토스의 기사여!"

대체 어디서 들려오는 음성인 것일까?

로이스는 벌떡 일어나 주위를 두리번거렸다.

그러자 로이스의 눈앞에 웬 멋들어진 중년 남자가 나타났다. 이목구비가 뚜렷한 용모에 강인한 눈빛을 가진 남자! 한눈에 봐도 무척이나 강해 보였다.

"당신은 누구지?"

"나는 미스토스 군주 레카온이다."

"미스토스 군주?"

로이스의 두 눈이 휘둥그레 커졌다. 그렇지 않아도 그 역시 미스토스 군주가 되어야 한다고 릴리아나에게 들었던 터였다. 그런데 자신을 미스토스 군주라고 말하는 자가 나타나다니.

"놀랄 것 없다, 미스토스 기사여! 나의 의념이 군주의 목걸이에 깃들어 그대에게 나의 뜻을 전하고 있을 뿐, 나는 이미 죽은 지 오래다."

죽은 자가 뜻을 전하다니, 그럴 수도 있는 것일까? 그러나 로이스는 일단 고개를 끄덕였다.

"그런데 내게 무슨 볼일이 있어 나타난 거지?"

샤론 대륙은 온갖 기괴한 일이 벌어지는 신비한 세계다. 따라서 로이스는 죽은 사람이 의념을 전하는 것 정도야 얼마든지 그럴 수 있다고 생각했다.

그렇게 로이스가 대수롭지 않다는 듯 이 상황을 받아들이는 모습을 보자 레카온은 뭔가 흡족한 듯 미소를 지었다.

"역시 용자 카디나스의 아들답게 의연하군. 멋지게 자라주었구나, 로이스."

그 말에 로이스는 깜짝 놀랐다. 생전 처음 보는 레카온이라는 자가 자신의 이름을 알고 있다는 것에 놀란 것도 있지만, 그보다 더욱 놀란 것은.

"용자 카디나스? 내가 그의 아들이라고?"

"아드리아 대륙의 위대한 용자 카디나스. 그가 바로 너의 선친이다."

레카온의 말에는 알 수 없는 위엄이 존재했다. 로이스는 그의 말이 꾸며 낸 말이 아닌 진실임을 본능적으로 느꼈다.

"내가 용자의 아들?"

"그렇다. 그러나 너는 용자가 아닌 미스토스 군주가 될 운명! 이는 신비한 미스토스의 힘이 너를 군주로 선택했기 때문이지."

그러나 로이스의 귀에는 미스토스의 군주라는 말은 들어오지 않았다.

용자 카디나스의 전설!

놀랍게도 로이스는 그에 대한 전설을 이미 소설책을 통해 읽어 봤다.

아드리아 대륙을 수호하던 위대한 용자!

그러나 마왕 하이무카루스에게 비참하게 죽임을 당한 비운의 용자! 그의 죽음으로 아드리아 대륙은 사악한 마왕들의 손아귀에 넘어갔다고 했다.

딱 거기까지가 로이스가 알고 있던 얘기였다. 소설책에는 그 이상의 내용은 나와 있지 않았으니까.

"설마 소설책의 내용이 사실은 아니겠지?"

로이스는 자신의 부친이 마왕에게 죽었다는 사실을 믿고 싶지 않았다.

"로이스! 네가 읽은 소설책의 내용은 모두 사실이다. 그 책을 저술한 예언가 네롱은 나의 의념이 준 영감을 통해 소설을 썼기 때문이야."

그럴 수가!

예언가 네롱의 용자 전설! 그 책에 있는 내용이 모두 사실일 줄이야. 단순히 소설이 아니라 실제 있었던 내용이라는 것이다.

"대체 당신은 무엇 때문에 그런 일을 벌인 거지?"

"장차 일어날 재앙을 막기 위함이다. 사람들에게 용자가 누구인지 알려 주고 그를 따르게 만들지 않는다면 샤론 대륙과 라키아 대륙 또한 마왕의 손아귀에 들어가고 말 것이다."

순간 로이스는 양 주먹을 꽉 말아 쥐고는 레카온을 쏘아

봤다.

"난 용자가 될 운명이 아니라고 했잖아. 그런데 왜 내게 그 사실을 알려 주는 거야?"

"미스토스 군주로 선택받은 너는 용자를 부러워할 필요가 없다. 수많은 용자들이 우러러 보는 존재가 바로 미스토스 군주이기 때문이다."

수많은 용자들이 우러러 보는 존재!

그가 바로 미스토스 군주다!

'내가 그런 운명을 타고 났다고?'

로이스는 왠지 가슴이 뛰면서도 이내 시큰둥한 표정으로 고개를 흔들었다. 아직 실감이 잘 나지 않아서였다. 그러고 보니 예전에 릴리아나도 이와 비슷한 얘기를 한 적이 있긴 했지만.

"다른 건 관심 없어. 그러니까 마왕 하이무카루스! 그놈이 나의 아버지를 죽였다 이거군. 레카온 당신은 그 사실을 알려 주기 위해 나타난 거고."

그러자 레카온은 쓸쓸히 웃으며 고개를 흔들었다.

"불행 중 다행히도 하이무카루스는 이미 내 손에 죽었다. 따라서 네가 상대해야 할 적은 그가 아니라 대마왕 불칸이다."

"대마왕 불칸?"

"모든 마왕들의 배후에 있는 최강의 존재이지. 나 역시 그에게 패배해 이 꼴이 되었으니까."

마왕들의 괴수인 대마왕이 존재하다니!

그것은 용자 전설에도 없던 이야기였다.

그리고 용자들보다 더욱 강하다는 미스토스 군주 레카온이 패배했다는 사실도 로이스에게는 매우 충격적인 내용이었다.

레카온이 장엄한 눈빛으로 말했다.

"머지않아 이곳 샤론 대륙에도 불칸의 마수가 미칠 것이다. 아니 이미 시작되었을지도 모르지. 로이스 너는 속히 강해져서 그와 맞서야 한다. 어서 미스토스 군주가 되어라."

이에 로이스가 뭐라 대답하기도 전에 레카온이 다급히 말을 이었다.

"좀 더 많은 얘기를 나누고 싶지만 이제 나의 의념은 여기까지다. 앞으로 모든 건 군주의 목걸이가 알려 줄 것이다……."

그 말이 끝나는 순간 레카온의 모습이 흐릿해지며 사라지기 시작했다. 로이스는 재빨리 그를 불렀다.

"잠깐!"

로이스는 다른 것보다 선친 카디나스에 대해 좀 더 알고 싶었다. 부친뿐 아니라 모친은 누구였는지, 아드리아 대륙에는 어떻게 가야 하는지, 불칸이 대체 얼마나 강한지 등등.

물어볼 것이 정말 많은데, 그사이 레카온은 먼지처럼 스러져 흔적조차 보이지 않았다. 로이스는 조급히 다시 외쳤다.

＊　　＊　　＊

"안 돼! 잠깐 기다려!"

로이스는 번쩍 눈을 뜨고 일어났다.

"레카온! 잠깐 내 말 좀 들어 봐!"

그러자 한쪽에서 여전히 구슬의 봉인을 풀고 있던 릴리아나가 고개를 돌려 로이스를 쳐다봤다.

"로이스 님? 왜 그러시죠?"

그 말에 로이스는 어이가 없었다.

"방금 전까지 앞에 있었는데 못 봤어?"

"누구요? 못 봤는걸요."

"그럴 리가! 방금 전 이 앞에 있었다고!"

릴리아나는 빙긋 웃었다.

"그사이 꿈을 꾸셨나 보네요."

"꿈?"

순간 로이스는 멍한 표정을 지었다.

그렇다. 그러고 보니 꿈이었던 것이다.

꽃 침대에 누워 잠이 든 순간 꾸었던 꿈!

레카온은 현실에 나타난 것이 아니라 꿈에 나타난 허상이었다.

화악!

바로 그때 군주의 목걸이가 빛났다.

  [마족을 무찌른 그대는 미스토스 기사로서 손색
  이 없다. 그대의 능력을 더욱 발전시켜 미스토스 상
  급 기사가 되고 싶다면 그 자격을 증명하도록 하
  라.]

  [임무] 미스토스 상급 기사의 자격
  ―미스토스 상급 기사가 되기 위해서는 마족 10
  명을 쓰러뜨릴 수 있는 실력을 보여야 한다.
  ―마족을 처치한다 1/10

'임무라고?'

현재 신분보다 한 단계 위로 승급하기 위한 임무였다.

앞으로 마족 9명만 더 해치우면 로이스는 미스토스 상급 기사가 될 수 있는 것이다.

Chapter 3
자격을 증명하라

"됐어! 이제 조금만 더 가면 숲 바깥이야."

어둠을 헤치고 빠르게 달려가는 피투성이의 여기사. 그녀의 손에는 커다란 물통이 들려 있었다.

"하아! 힘들어!"

그녀는 잠시 멈춰 서고는 숨을 몰아쉬며 아래 물통을 쳐다봤다.

삼분의 일 정도 차 있는 물.

본래는 가득 채워 뒀지만 숲의 몬스터들과 싸우는 와중에 반 이상 쏟아지고 말았다.

"얼마 안 되지만 이거라도 빨리 가져가야 해. 아시엘 님이 기다리고 계실 거야."

아시엘의 집에는 우물이 없다. 물을 먹으려면 지금처럼 멀리 이곳 숲에 있는 우물까지 와서 길어 가야 한다.

문제는 몬스터들!

거대 거미 네이더들이 나타나 방해를 할 때는 로이스가 나타나 구해 줬지만, 그 이후로 나타난 리자드맨들은 그녀가 직접 해치워야 했다. 그런 이유로 리자드맨들과 혈전을 벌이며 추격을 따돌리느라 스위니는 아직 이 숲을 벗어나지 못했다.

"하아! 하아! 힘을 내야 해!"

정신이 아득해져 왔지만 이를 악물었다. 물통을 보호하며 싸우느라 전신에 난 상처가 한두 군데가 아니었다.

그 어떤 상황에도 주군인 용자 아시엘을 지키겠다는 일념!

그것이 없었다면 그녀는 벌써 삶을 포기하고 말았을지도 모른다.

"끄끄! 저기 있다! 어서 잡아라!"

"끄키킥! 거기 서라!"

지금도 리자드맨들은 집요하게 스위니를 뒤쫓고 있었다. 2마리의 리자드맨들이 눈에 불을 켠 채 뭐라 고래고래 소리를 지르며 달려왔다.

"끈질긴 녀석들 같으니! 그렇다고 내가 너희에게 잡힐 것 같니?"

스위니는 다시 물통을 들고 뛰었다. 사실 리자드맨 한두 마리 정도야 얼마든지 쓰러뜨릴 자신이 있지만, 그러다 또 다른 리자드맨들이 몰려오면 낭패를 당하고 말 것이다.

특히 그 와중에 물통의 물이 쏟아지기라도 한다면 다시 우물이 있는 숲의 깊숙한 곳으로 돌아가야 한다. 지금은 피하는 것이 상책이었다.

"이 겁쟁이 거기 서라!"

"키키키! 겁쟁이 인간!"

리자드맨들이 뭐라 말하는지 스위니는 이해하지 못했지만, 왠지 자신을 비웃는 것 같다는 생각에 울컥했다. 그래도 그녀는 달리기를 멈추지 않았다.

"내가 겁나서 피하는 게 아니야. 지금은 내가 바빠서 가지만 너희들 나중에 두고 봐!"

그녀는 계속 달렸고 다행히 숲을 빠져나가는 데 성공했다. 멀리 언덕 위에 대나무 울타리로 둘러싸인 초라한 집 한 채가 보였다.

* * *

한편 아시엘은 그때까지 스위니가 돌아오지 않아 걱정이 말이 아니었다. 그런 그녀의 앞에서 한쪽 목을 잡은 채 괴로워하고 있는 청년.

"아이고! 목말라! 어서 스위니 경이 와야 물을 마실 텐데요."

다름 아닌 집사 타르파였다.

그는 아시엘이 용자의 운명을 깨닫고 샤론 대륙으로 왔을 때 그녀의 앞에 나타나 집사가 되기를 자처했다.

용자를 보좌하는 총사의 운명을 타고났다는 타르파.

지금은 집사지만 언젠가 총사로 각성하게 된다고 했는데, 대체 그때가 언제인지 알 수가 없었다.

아시엘은 속으로 한숨을 내쉬었다.

용자에게 총사는 현자와 같은 존재!

유능한 총사가 있어야 용자는 자신의 능력을 제대로 발휘하고 진정한 용자로서 성장해 나갈 수 있다고 한다. 과연 타르파가 그런 유능한 총사가 되어 줄지 의문이었다.

"혹시 스위니 경에게 무슨 일이 생긴 건 아니겠죠, 타르파?"

"아직 무사할 겁니다. 스위니 경에게 무슨 일이 혹시 생겼다면 지금쯤 이곳에서 부활했을 테니까요."

그것은 용자인 아시엘이 보유한 미스토스의 힘으로 가능

한 일.

그러나 미스토스의 힘을 그런 식으로 모두 소모해 버리면 이 집의 방어에 문제가 생기게 된다. 보호 결계 또한 미스토스의 힘으로 유지되기 때문이다.

보호 결계가 사라지게 되면 험악한 몬스터들의 공격은 물론이고 사르곤 제국군의 공격 앞에 무력하게 노출되게 될 것이니, 아시엘의 생명 또한 위험해지는 것이다.

물론 미스토스가 충분히 많다면 걱정할 필요도 없지만, 현재 아시엘에게는 말 그대로 쥐꼬리만큼의 미스토스만 있었다.

오늘 스위니가 무사히 돌아온다 해도 그 후에는?

내일 또다시 스위니는 물을 얻으러 위험한 몬스터들이 득실거리는 숲으로 떠나야 할 것이다. 과연 내일도 스위니가 무사히 돌아올 수 있을까?

'큰일이야. 이대로라면 방법이 없어.'

아시엘은 암담하기 그지없었다. 그런 그녀와 달리 타르파는 그저 목이 마르다고 엄살만 피우고 있었으니.

"타르파! 명색이 집사라면서 지금 그러고 있기예요? 목이 마른 건 저도 마찬가지거든요."

그러자 타르파는 머리를 긁적이며 웃었다.

"헤헤! 목이 너무 마르니 도무지 머리가 돌아가지 않아서요. 물 한 모금만 마시면 뭔가 대책을 세울 수 있을 것도 같은데…….”

바로 그때였다. 울타리 문이 세차게 열리며 스위니가 씩씩하게 외쳤다.

“돌아왔습니다! 여기 물도 가져왔어요!”

“아, 스위니 경!”

“우하하! 드디어 돌아왔군요.”

아시엘과 타르파는 반색했다. 스위니는 빙긋 웃었다.

“제가 너무 늦었죠? 죄송해요. 몬스터 녀석들이 끝까지 방해를 하는 바람에 어쩔 수 없었어요.”

밤새도록 죽을 고비를 몇 차례나 넘겼지만 스위니는 그 같은 내색은 하지 않았다. 그러나 아시엘은 가히 반 만신창이 상태의 스위니를 보며 무슨 일이 있었을지 충분히 짐작했다. 그녀는 눈물을 글썽이며 스위니의 상처를 어루만졌다.

“정말 고마워요, 스위니 경. 그대가 없다면 난 용자로서 아무것도 하지 못할 거예요.”

그 말이 끝나는 순간 스위니의 몸이 환한 빛에 휩싸였다.

신령한 치유의 빛!

이는 용자가 자신의 기사에게 펼쳐 줄 수 있는 아주 강력한 치료 마법이다.

숨이 끊어지지 않는 한 완벽한 상태로 회복을 시켜 줄 수 있는 불가사의한 위력을 가지고 있지만, 용자의 거점 내에서만 시전이 가능한 제약이 존재한다.

또한 시전 시 미스토스의 힘이 적지 않게 소모되는 문제도 있다.

따라서 지금처럼 아주 소량의 미스토스만 남아 있는 상황에서는 시전을 자제해야 하지만, 상처투성이의 스위니를 보는 순간 아시엘은 그녀를 치료해 주겠다는 일념뿐이었다.

"아시엘 님! 미스토스를 아끼셔야 해요. 이런 식으로 저에게 쓰시면……."

"지금은 경의 회복이 우선이에요. 부족한 미스토스는 함께 채워 나가도록 해요."

"하지만……."

스위니는 놀라움과 감동이 가득한 표정이었다. 사실 그녀는 전신이 욱신거리고 아파 금세라도 정신을 잃을 지경이었는데, 방금 전 아시엘의 손에서 뻗어 나온 치유의 빛에 의해 말끔하게 나았던 것이다.

"으음!"

반면에 타르파는 탄식하며 침음을 흘렸다. 그러지 않아도 이 집을 방어하는 데 미스토스의 부담을 느끼던 터였다.

"큰일입니다. 이대로라면 앞으로 며칠 못 버티겠군요."

사실상 전투 능력이 거의 없다시피 한 아시엘과 타르파가 이 집에서 안전히 지낼 수 있는 것도 모두 미스토스의 힘이 지켜 주기 때문이다.

미스토스의 방어 결계!

이것이 아니었다면 지금쯤 아시엘의 집은 제국군에 의해 초토화되었을 것이고, 아시엘은 끌려가 포로가 되거나 몬스터들의 먹잇감이 되어 버렸을 것이다.

지금도 마찬가지.

스위니를 쫓아온 리자드맨들이 울타리 근처로 접근하지 못하고 멀리서 소리만 고래고래 지르고 있는 것도 모두 미스토스의 결계 덕분이었다.

그 결계가 앞으로 며칠 후면 사라지게 된다. 아시엘 또한 그 사실을 잘 알았다. 그녀는 타르파를 쳐다보며 물었다.

"이제 남은 미스토스로 결계를 정확히 어느 정도 유지할 수 있죠?"

"본래는 오 일 정도는 버틸 수 있었는데 이제 삼 일을 못 버틸 겁니다."

스위니를 치료하는 데 들어간 미스토스의 양이면 결계를 이틀 정도 더 유지시킬 수 있었을 거라는 얘기.

그러나 당장 내일 결계가 무너져 내린다 해도 생명이 경각에 달한 스위니를 어찌 치료하지 않을 수 있겠는가.

아시엘은 속으로 수심이 가득했지만 짐짓 밝게 웃으며
말했다.

"삼 일이면 아직 시간이 있잖아요. 어서 대책을 말해 봐
요, 타르파."

"하하, 제게 무슨 대책이 있을 리가……."

타르파는 그렇게 말하다 흠칫했다. 아시엘과 스위니가
그를 쏘아보고 있었기 때문이다.

"정말 아무 대책이 없나요?"

타르파는 눈치를 보며 힘없이 고개를 끄덕였다.

"없죠. 저라고 뭐 뾰족한 수가 있겠습니까?"

그러자 순간 스위니가 당장이라도 타르파를 후려칠 듯
험악한 기세로 다가왔다.

"예전부터 궁금했는데 당신 정말 총사의 운명을 타고난
게 맞긴 맞아?"

"그게 무슨 소리입니까?"

"전설에 의하면 총사는 용자를 가장 가까이에서 보좌하
는 자로 현자와 같은 능력을 갖고 있다고 했어. 근데 정말
로 당신이 그런 운명을 타고 난 게 맞냐 이거지."

이는 예언가 네롱이 저술한 용자의 전설에 나오는 내용
이었다. 따라서 스위니는 처음 타르파가 아시엘 앞에 나타

났을 때부터 은근히 뭔가를 보여 주길 기대했다.

그러나 지금 타르파가 보여 주는 행동은 한심할 뿐이다. 전설이 말하는 용자의 총사라면 지금쯤 아주 기막힌 대책을 떠올려야 정상이었다.

그러자 타르파가 기가 팍 죽은 표정으로 대답했다.

"죄송합니다. 아직 제가 능력이 부족해서……."

"흥! 능력 부족이라. 그럼 총사가 될 자격이 없다는 뜻이군."

스위니는 곧바로 아시엘을 돌아보며 말을 이었다.

"아시엘 님, 이참에 저 무능력한 총사 아니, 집사 녀석을 해임해 버리는 게 어떨까요? 저 녀석은 도무지 쓸모없이 물과 식량만 축내고 있어요."

타르파가 합류한 후 아시엘과 스위니가 가져온 식량도 거의 다 떨어진 상태다. 게다가 그는 물도 적지 않게 마시는 편이다.

전투력도 형편없을 뿐 아니라 이런 상황을 타개할 대책도 못 내는 무쓸모한 존재.

말 그대로 식량만 축내는 식충이!

힘없는 용자를 등쳐 먹는 사기꾼!

그가 바로 집사 타르파였다.

"확실히 고민해 볼 문제네요."

아시엘 또한 스위니의 말에 일리가 있다는 듯 싸늘한 표정으로 타르파를 쳐다봤다.

그러자 타르파는 더욱 충격을 받은 듯 어깨를 떨었다. 아시엘이 오른손을 뻗어 그의 어깨를 잡았다.

"이런 말을 하게 돼서 미안해요. 하지만 스위니 경의 말에도 일리가 있어요. 당신이 진짜 총사의 운명을 타고 났다면 이제 그걸 증명해 봐요. 그렇지 않다면 난 더 이상 당신과 함께 갈 수 없어요."

"크흑……."

"울지만 말고 어서 생각해 봐요. 내일까지 대책을 세우지 못하면 난 어쩔 수 없이 이곳을 버리고 떠날 수밖에 없어요."

아시엘 또한 수심이 가득했다.

미스토스가 없어 이 집을 지키지 못할 상황이 오면 포기하고 도주하는 것이 좋을지도 모른다.

그러나 미스토스의 보호를 받지 못하는 용자는 몬스터들에게 무력하게 노출되게 되니, 죽음은 시간문제다.

그렇다고 이 집에 남아 죽음을 기다리고 있을 수도 없는 일.

이러지도 저러지도 못할 절망적인 상황에 아시엘은 정신이 아득해져 왔다. 타르파가 훌쩍였다.

"으으! 정말 죄송합니다. 못난 집사를 만나 이토록 고생을 하시니……."

아시엘은 고개를 흔들었다.

"그런 말을 듣고 싶은 게 아니에요. 무능한 건 저 역시 마찬가지니까요. 하지만 당신이 총사의 운명을 타고났다면 이런 상황에서 용자가 어떻게 대처해야 할지 알려 줘야 해요. 당신이 정말 이 무한의 세계인 샤론 대륙에 대한 많은 지식을 갖고 있다면요."

그러자 타르파는 돌연 비장한 표정을 짓더니 고개를 끄덕였다.

"그럼 생각을 해 보겠습니다. 어떤 식이든 대책을 세워 봐야죠."

"바로 그거예요. 어서 생각해 봐요."

아시엘의 표정이 약간 밝아졌다. 그러나 스위니는 여전히 타르파가 미덥지 않은 듯 냉랭한 눈빛으로 그를 쳐다봤다.

그사이 타르파는 고개를 푹 숙인 채 그대로 주저앉아 두 손으로 자신의 머리카락을 세차게 움켜쥐었다. 그리고 한참을 뭔가 심각하게 생각하는 듯했다.

그러다 돌연 고개를 불쑥 들어 아시엘을 쳐다보는 그의 눈빛이 반짝였다. 이에 아시엘의 표정이 다시 밝아졌다.

"혹시 뭔가 대책이 떠올랐나요?"

"그보다 그걸 알아냈습니다. 제가 대체 왜 머리가 안 돌아가는지."

"그게 무엇 때문이죠?"

"사실 저는 목이 타면 아무 생각도 안 나거든요. 물 한 모금만 마시면 어떻게 될 것도 같군요."

"……"

그 말에 아시엘은 맥 빠진 눈빛으로 타르파를 노려봤다.

"그러니까 그게 지금껏 심각하게 고민해서 내놓은 대책인가요?"

"아! 정말 한심한 녀석이군."

스위니 또한 기가 막힌 듯 가슴을 쳤다.

하지만 아시엘은 지푸라기라도 잡는 심정으로 말했다.

"그럼 물을 마셔요. 만약 그때도 아무 대책을 못 내놓으면 우린 정말 끝이에요."

"헤헤, 고맙습니다."

타르파는 아시엘의 허락이 떨어지자 잽싸게 스위니가 바닥에 내려놓은 물통을 들고 마셨다.

벌컥! 벌컥!

한 모금만 마신다더니 저게 무슨 한 모금.

저렇게 한 번에 잔뜩 마셔 버리면 금세 동이 나고 말 것이다.

"잠깐! 다 마시면 안 돼!"

스위니가 울컥하며 물통을 빼앗아 들었다.

이 물을 얻으려고 그녀가 얼마나 고생했던가. 스위니 자신도 갈증을 참아 가며 들고 온 것이었다.

그런데 타르파는 그사이 무려 반이나 마셔 버린 상태였다. 덕분에 갈증이 완전히 풀렸는지 그는 찌푸렸던 인상을 활짝 펴고 씩 웃었다.

"하하! 이제 좀 살겠네요."

아시엘은 속으로 한숨이 나왔지만 고개를 끄덕이며 물었다.

"갈증이 풀렸으니 이제 대책을 생각해 봐요."

"이미 생각이 났습니다, 아시엘 님."

타르파는 자신만만한 표정으로 대답했다. 아시엘은 고개를 갸웃했다.

"벌써요?"

"말도 안 되는 소리를 지껄이면 가만 안 둘 거야."

스위니는 왼쪽 허리에 찬 검의 손잡이에 손을 가져다대며 타르파를 싸늘하게 노려봤다.

그러자 이에 기겁한 타르파가 못마땅한 표정으로 말했다.

"그렇게 겁을 주면 애써 떠오른 생각이 사라져 버릴지도 모릅니다."

"진짜 대책이 있기는 한 건지 모르겠군."

스위니는 타르파가 말도 안 되는 핑계를 댄다 생각해 검을 빼 들었다. 아시엘이 손을 흔들었다.

"스위니 경! 일단은 타르파의 얘기를 들어 보도록 해요."

"네, 아시엘 님."

스위니는 어쩔 수 없다는 듯 뒤로 물러났다. 타르파는 씩 웃었다.

"그럼 말씀드리죠. 사실 이 방법은 우리 모두 알고 있습니다."

"그게 뭔데요?"

"로이스 경입니다. 그를 용병으로 고용해야 합니다."

그 말에 아시엘과 스위니는 다시 맥빠진 표정을 지었다.

"소용없는 일이에요. 그에게 이미 부탁을 해 봤지만 단번에 거절당했어요."

강한 전투력을 가진 로이스가 도와준다면 어떤 식으로든 희망이 있을 것이다. 그러나 로이스는 아시엘의 부탁을 너무도 단호하게 거절했다. 아시엘은 그런 그에게 또다시 같은 부탁을 할 용기가 나지 않았다.

그러자 타르파가 두 눈을 빛내며 말했다.

"그와 같은 뛰어난 전사의 도움을 받으려면 한 번의 부탁으로는 어림없는 일. 최소한 세 번은 부탁하는 것이 마땅합니다."

"세 번씩이나?"

"그렇습니다. 설마 한 번 거절당했다고 상심하신 건가요?"

"상심까지는 아니에요."

그때 스위니가 타르파를 노려보며 말했다.

"그걸 대책이라고 내놓은 거야? 만약 세 번이나 부탁했는데 그가 안 들어주면?"

"아주 좋은 질문이군요. 스위니 경."

타르파는 스위니가 그 말을 할 줄 알았다는 듯 여유롭게 웃으며 말을 이었다.

"그럼 일곱 번을 부탁하면 됩니다."

"일곱 번? 그래도 실패하면?"

"열 번! 스무 번! 아니, 될 때까지 해야 합니다."

"말도 안 되는 소리 하지 마! 그게 무슨 대책이야?"

스위니는 더 이상 참을 수 없다는 듯 검을 다시 빼 들려했다. 그러자 아시엘이 손을 흔들었다.

"잠깐요. 듣고 보니 그의 말이 틀리지 않아요."

방금 전과 달리 아시엘의 표정이 비장하게 변해 있었다.

그녀는 두 주먹을 불끈 쥐고 힘차게 외쳤다.

"맞아요. 한 번 거절당했다고 포기할 순 없죠. 그가 승낙할 때까지 계속 부탁해 보겠어요."

무시무시한 제국의 흑기병들을 단신으로 상대해 쫓아 버린 로이스다. 그런 로이스가 함께해 준다면 아시엘이 용자로서 강한 세력을 구축하는 것은 결코 불가능한 일이 아닐 것이다.

'내가 너무 안이한 생각을 했어. 그같이 용맹한 전사를 얻으려면 무릎이라도 꿇고 부탁을 해야 해. 그는 그만한 자격이 있으니까.'

일국의 공주이자 용자인 아시엘. 그런 그녀가 로이스에게 무릎을 꿇고서라도 도움을 요청하겠다는 다짐을 하는 순간이었다.

그렇게까지 각오를 다지자 아시엘은 왠지 용기가 솟아났다. 방금 전까지는 모든 게 절망뿐이었는데 지금은 뭔가 희망이 생겨났다.

그녀는 타르파를 바라보며 물었다.

"근데 대책은 그것뿐인가요? 또 다른 대책은요?"

"물론 있습니다. 명색이 용자이신 아시엘 님이 그저 로이스 경만 바라보며 손을 놓고 있는 건 현명한 일이 아니지요."

"그건 그래요. 이제 제가 또 무엇을 해야 하죠?"

"명상입니다."

"명상?"

갑자기 명상이라니. 이건 또 무슨 뜬금없는 소리일까?

그러나 타르파의 표정은 진지했다.

"용자는 누가 알려 주지 않아도 스스로 명상을 통해 자신이 해야 할 바를 알 수 있다고 했습니다."

"그런 게 있었다면 왜 진작 알려 주지 않았죠?"

"그게 사실 저도 몰랐습니다."

"그런데 지금은 어떻게 알았어요?"

"방금 전 물을 마시자 갑자기 떠올랐지요."

타르파는 어색하게 웃었다. 아시엘은 어이가 없었지만 이내 빙긋 웃었다. 그래도 어쨌든 뭐라도 대책이 생겼으니 얼마나 다행인가.

"그럼 명상을 해 보겠어요."

그녀는 곧바로 눈을 감았다. 그러나 막상 어떻게 명상을 해야 할지 알 수 없었다.

그래서 속으로 간절히 외쳐 보았다.

'날 용자로 이끌어 준 운명이여! 이제 내가 무엇을 해야 할지 알려 줘.'

그 순간 그녀의 시야에 환한 빛의 글자들이 나타났다.

[메르카 숲의 이꼬트들은 현재 사악한 마족 하이
칸에 의해 멸망의 위기에 처해 있다. 용자 아시엘!
이제 그대의 기지와 용맹을 다해 마족을 물리치고
이꼬트들을 구해 주도록 하라.]

'대체 이게 뭐지?'
　아시엘은 깜짝 놀랐다. 지금 그녀는 여전히 눈을 감고 있
는 상태였다. 그런데 이토록 선명한 글자들이 앞에서 보이
니 꿈을 꾸는가 싶었다.

　　[만일 그대가 무사히 이 임무를 완수하게 되면 5
　카퍼스의 미스토스와 고대 용자의 망토를 보상으
　로 얻게 되리라.]

　계속해서 나타나는 글자들. 아시엘은 두 눈을 번쩍 떴다.
그러자 방금 전 보였던 글자들이 환영처럼 사라져 버렸다.
　다시 눈을 감고 명상을 해 봐도 마찬가지. 더 이상 그 어
떤 글자들도 나타나지 않았다. 다만 아까 보았던 글자들의
내용은 선명하게 기억되어 있었다.
　스위니가 다가와 물었다.

"뭔가 길을 찾으셨나요, 아시엘 님?"

"글쎄요. 이게 과연 길이라고 할 수 있는 건지는 잘 모르 겠어요."

곧바로 그녀는 방금 전 보았던 글자들의 내용을 말해 줬 다.

"세상에! 마족을 해치우라니? 그건 말도 안 돼요!"

스위니는 기막혀했다. 오크나 리자드맨들과 같은 몬스 터들과 싸우는 것도 벅찬데, 그것들과는 비교도 할 수 없는 강력한 마족과 싸워 이기는 건 불가능해 보였기 때문이다.

반면에 타르파는 환호했다.

"하하하! 멋지군요. 5카퍼스! 그것만 있으면 이 집을 요 새처럼 바꿀 수 있습니다. 게다가 고대 용자의 망토를 얻게 되시면 아시엘 님은 용자로서 매우 강력한 능력을 펼칠 수 있게 될 겁니다."

아시엘은 한숨을 내쉬었다.

"보상만 본다면 기쁜 일이긴 하지만 그걸 얻으려면 마족 을 해치워야 해요. 과연 우리의 능력으로 그게 가능한 일일 까요?"

현재 아시엘의 집에서 밖으로 나가 싸울 수 있는 이는 스 위니 한 명뿐이다. 집사 타르파는 미스토스의 힘으로 집을 방어하는 임무를 수행해야 하고, 아시엘은 전투력에 있어서 아무런 도움이 되지 못하기 때문이다.

그러나 타르파는 무슨 걱정이냐는 듯 씩 웃으며 말했다.

"로이스 경이 합류하게 되면 승산이 있습니다."

"그가 혼자서 마족과 싸워 이길 수 있을까요?"

"아마도 그 혼자서는 불가능하겠지요. 그래서 다른 용병들을 고용해 그를 돕도록 해야 합니다."

"다른 용병들을 어디서 구하나요?"

"집사인 제게 명령만 내려 주시면 언제든 그들을 불러올 수 있습니다."

"미스토스 용병을 말하는 거군요. 하지만 그건 미스토스가 충분할 때만 가능한 것으로 알고 있어요."

용자가 요청하면 수많은 강력한 용병들이 기꺼이 용자를 위해 싸워 준다.

대신 미스토스를 그들에게 급료로 주어야 하는데, 현재 아시엘에게 남은 미스토스는 이 허름한 집을 고작 삼 일 버틸 수 있는 정도뿐이니 문제였다. 즉, 도저히 용병들을 불러올 만한 여력이 없는 상황인 것이다.

"후불로 주는 대신 두 배의 급료를 주겠다고 하면 오는 이들이 있을 겁니다. 제게 당신이 가진 미스토스의 권한을 위임해 주십시오."

"좋아요. 지금은 선택의 여지가 없네요. 모든 권한을 위임할 테니 어서 용병들을 불러오세요. 그런데 어떻게 그들을 데려올 수 있는 거죠?"

"저 또한 명상을 통해 가능합니다."

타르파는 씩 웃더니 그대로 자리에 앉아 명상을 시작했다. 그러다 한참 후 그는 두 눈을 뜨고 일어났다.

"용병들을 데려왔습니다."

Chapter 4
전설의 미스토스 기사

"용병들이 어디에 있죠?"

"잠시 후 나타날 겁니다. 오! 벌써 왔군요."

그 말이 끝나자마자 아시엘의 앞에 5개의 흐릿한 환영들이 생겨났다.

스스스—

그 환영들은 점점 짙어지더니 이내 건장한 체격을 가진 전사들로 변했다. 아시엘의 두 눈이 휘둥그레 커졌다.

"아! 이들이 바로?"

"하하, 그렇습니다."

미스토스를 급료로 받고 용자를 위해 싸워 준다는 전설

의 용병들!

이들을 고용할 수 있는 건 용자를 보좌하는 총사나 집사의 능력이다. 명상을 통해 갈 수 있다는 어떤 특별한 공간에서 타르파가 이 눈앞의 미스토스 용병들을 찾아가 협상을 벌인 것이다.

"멋지군요."

"대단해요."

아시엘뿐만 아니라 스위니도 타르파를 다시 봤다.

타르파가 어설퍼 보이긴 하지만 그래도 총사가 될 운명인 건 맞는 모양이다.

"하핫! 멋지긴요. 이 정도는 기본이지요. 그럼 용병들을 소개하겠습니다."

타르파는 유쾌한 미소를 지으며 용병들을 아시엘 앞으로 안내했다.

"이분이 당신들을 고용한 용자 아시엘 님이십니다."

"뭐? 정말 이 소녀가 용자요?"

"염병할! 이건 좀⋯⋯."

과연 그들은 딱 봐도 얼마 전 아시엘을 모욕하러 왔던 제국의 흑기병들보다 강한 기운을 뿜어냈다.

그런데 그런 강해 보이는 모습을 가진 그들의 태도는 매우 오만하고 불손하기 이를 데 없었다.

"아무리 그래도 무슨 용자의 요새가 이런 허름한 곳이라니!"

"빌어먹을! 오크들의 움막도 이보다는 낫겠구먼. 역시 명성도 없는 용자라는 말을 들었을 때 알아봐야 했는데 말이야."

후불로 2배의 급료를 준다는 말에 타르파를 따라오기는 했지만, 허름하기 이를 데 없는 아시엘의 집과 울타리를 보자 그들은 생각이 달라진 것이다.

이에 스위니가 발끈했다.

"감히! 무엄하구나! 그대들이 아무리 뜨내기 용병이라도 예를 갖추도록 하라."

그러자 용병들이 조소를 흘렸다.

"우리가 마음에 들지 않으면 계약은 없던 걸로 하면 될 거요."

"아쉬운 건 우리가 아닐 텐데, 큭!"

그들은 여차하면 돌아갈 태세였다. 아시엘과 스위니가 당황하는 표정으로 타르파를 쳐다봤다. 그러자 타르파가 어색한 미소를 지으며 다가와 나직하게 말했다.

"용병들의 말투는 신경 쓰지 마시지요. 저들이 좀 거칠긴 하지만 적들이 나타나면 용맹하게 싸울 겁니다."

"알았어요."

아시엘은 한숨을 내쉬었다. 용자가 약하니 용병들에게도 무시를 받고 있다. 그러나 이것이 어쩔 수 없는 현실이라면 감수해야 할 것이다.

'어떻게든 강해져야 해! 이런 모욕을 받는 건 다 내가 약해서야.'

그렇게 속으로 각오를 다지고 있을 때였다.

울타리 문이 확 열리더니 붉은 후드를 눌러쓴 소년이 나타났다. 아시엘이 반색했다.

"로이스 님! 오셨군요."

"응."

로이스는 아시엘을 향해 살짝 미소 지어 주었다.

꿈에서 미스토스 군주 레카온을 만난 덕분에 로이스는 이제 아시엘이 용자라는 것에 대해 더 이상 질투하지 않게 되었다. 미스토스 군주는 용자를 부러워할 필요가 없다고 했으니까.

따라서 이전에 결심한 대로 용병이 되어 아시엘을 도와줄 생각이었다. 물론 그것은 아시엘이 간절히 원하고 또 부탁을 해야 한다는 전제가 있지만.

"그보다 내게 할 말 없어?"

로이스는 아시엘을 물끄러미 쳐다봤다. 그러자 아시엘은 곧바로 기다렸다는 듯 비장한 표정을 지으며 로이스의 앞에 다가왔다.

"네, 할 말……아니, 부탁이 있어요."

"뭔데?"

로이스의 입가에 보일 듯 말 듯 미소가 살짝 맺혔다. 그때 아시엘이 로이스의 앞에 정중히 무릎을 꿇었다.

"로이스 님! 지금 제겐 당신이 필요해요. 부디 저의 용병이……."

그런데 로이스가 돌연 두 팔로 아시엘의 어깨를 붙잡아 벌떡 일으켜 세웠다. 그의 두 눈에서 푸른 안광이 번뜩였다.

"너 지금 뭐하는 거야?"

"보다시피 당신에게 부탁을……."

"닥쳐! 너 제정신이야?"

"네?"

아시엘은 당황했다. 그녀는 로이스가 갑자기 이토록 화를 낼 줄은 몰랐던 것이다.

설마 지난번 거절했는데 오늘 다시 같은 부탁을 했다고 이토록 화가 난 것일까?

역시 그런 게 분명했다.

아무리 그래도 그렇지, 그냥 거절하면 될 일을 가지고 이렇게 화를 낼 것까지야 있을까? 아시엘은 왠지 서러워서 눈물이 나오려는 것을 참았다.

그러나 로이스의 입에서 이어져 나온 말은 전혀 뜻밖의 내용이었다.

"부탁을 하려면 당당하게 해. 너는 용자야."

"네?"

"내 말 못 알아들어? 용자는 비굴하게 무릎을 꿇는 존재가 아니라고!"

"……."

그렇다. 로이스가 화가 난 건 아시엘이 또다시 용병이 되어 달라고 부탁했기 때문이 아니다.

무릎을 꿇는 모습을 보였던 것!

바로 그로 인해 화가 난 것뿐이다.

로이스가 알고 있는 용자는 설령 세상이 무너져 내린다 해도 무릎 따위를 꿇어서는 안 되는 존재니까.

왕이나 황제 따위와는 비교할 수 없는 지고한 존재!

그가 바로 용자니까.

그런데 아시엘이 비굴하게 무릎을 꿇는 모습을 보자 화가 머리끝까지 치솟았던 것이다. 그녀가 연약한 소녀 용자가 아닌 소년이었다면 정신이 나도록 한바탕 손을 봐줬을지도 모른다.

"그것 때문이었나요."

아시엘은 충격을 받은 듯 비틀거렸다. 모욕을 받았을 때도 참았던 눈물을 지금은 주체할 수가 없었다.

그것은 로이스의 호통이 무서워서가 아니었다.

그녀는 사실 명색만 용자일 뿐이었다.

물 한 잔도 마음 놓고 마시기 힘든 빈궁한 상태에, 하급 몬스터 하나에도 쩔쩔매야 하는 비참한 신세이니까.

오죽하면 미스토스 용병들이 대놓고 무시를 하겠는가.

그런데 로이스는 그런 아시엘에게 용자가 얼마나 대단한 존재인지를 일깨워 주었던 것이다.

당당하라고!

용자는 절대 무릎을 꿇어서는 안 된다고!

아무리 힘없는 용자일지언정 절대 비굴해서는 안 된다고 말이다.

그것이 그녀에게 알 수 없는 감동과 위로를 주었다.

솔직히 말하면 그녀에게 있어 용자란 벗어 버리고 싶은 거추장스러운 옷과 같았다. 왜 신은 아무런 힘도 없는 자신에게 용자란 운명을 주었는지 정말 이해할 수가 없었다.

용자만 아니라면.

그냥 평범한 존재였다면, 자신으로 인해 왕국이 망하지도 않았을 것이다. 그녀는 여전히 일국의 공주로서 안락한 삶을 살고 있을 것이다.

그런데 자신이 용자라는 운명을 깨닫게 된 이후 그녀는 단 하루도 발을 편하게 뻗고 잠을 자 보지 못했다.

끝없이 찾아오는 죽음의 위기!

더구나 앞으로 이 험악한 샤론 대륙에서 살아남아야 할 것을 생각하면 할수록 그저 아득한 절망만 느껴졌다.

그렇게 그녀 자신도 용자로서 당당하지 못하고 위축되기만 했는데, 로이스의 일갈은 그녀의 가슴에 잠자고 있던 무언가를 울컥 치솟게 했다.

그때 다시 로이스의 두 눈이 이글거렸다.

"어서 대답해! 두 번 다시 그따위 나약한 꼴을 보이지 않겠다고."

아시엘은 손등으로 눈물을 닦고는 로이스를 슥 노려봤다.

"당신 말이 맞아요. 용자답게 당당하도록 하죠."

"좋은 생각이야."

"고마워요. 알려 줘서."

"고맙긴."

로이스는 멋쩍은 듯 씩 웃었다. 고맙다는 말을 듣는 것처럼 기분 좋은 건 없었다. 대상이 아시엘처럼 예쁜 소녀라면 더더욱.

"그럼 난 이만."

로이스는 더 이상 볼일이 없다는 듯 돌아섰다. 그러자 아시엘이 다급히 손을 흔들며 외쳤다.

"잠깐만!"

"왜?"

"당신은 아직 내 부탁에 대답을 안 했어요."

아시엘은 로이스가 용자라는 존재를 매우 대단하게 생각한다는 사실을 깨닫는 순간 혹시나 하는 기대를 품게 되었다. 어쩌면 그가 자신의 용병이 되어 줄지도 모른다는 기대말이다.

그런데 로이스는 생각해 볼 것도 없다는 듯 고개를 흔들었다.

"용병? 싫은데?"

"……."

두 번째 거절이다. 아시엘은 잠시 말을 잊은 채 고개를 푹 숙이고 말았다. 또 거절이라니! 이번에는 왠지 될 것 같았는데 거절이라니!

'아, 역시 안 되는 걸까?'

두 번이 아니라 스무 번이라도 부탁하겠다는 각오를 했지만 도무지 더 이상 입이 열리지 않았다.

반면에 로이스는 힐끗 아시엘을 보며 뭔가 기대 어린 표정을 지었다.

두 번 거절했으니 이 정도면 체면은 섰다. 이제 한 번 더 부탁하면 마지못한 척 들어줄 생각이었다.

"저기."

아시엘이 다시 입을 열었다. 그녀는 애써 용기를 냈다. 스스로 생각해도 자신이 염치가 없는 듯 느껴졌지만, 그래도 한 번 더 부탁해 보기로 했다.

스무 번까지는 아니지만 세 번은 채워 보기로 말이다.

그때 한쪽에서 그 모습을 지켜보고 있던 미스토스 용병들이 키득거렸다.

"저것 보라고! 용자가 저리 구걸하는 모습을 말이야."

"큭큭! 저게 어디 거지지 용자인가? 정말 못 봐 주겠구먼그래."

그러자 스위니가 울컥했다.

'저 망할 자식들이! 더 이상은 못 참아.'

그녀는 즉시 검을 빼 들고 그들을 노려봤다.

"감히 아시엘 님을 모욕하다니 용서할 수 없다."

"그대는?"

"나는 아시엘 님의 기사인 스위니다. 뜨내기 용병들 따위가 감히 나의 주군을 모욕했으니 그 건방진 입버릇을 고쳐 주겠다."

"흐음, 결투 신청인가? 그런 거야 언제든 환영이지."

용병 중 하나가 흥미롭다는 듯 검을 빼 들고 스위니 앞으로 나왔다. 이에 타르파가 깜짝 놀라 말렸다.

"강한 적과의 전투를 앞두고 우리끼리 싸울 필요가 있습니까? 스위니 경 제발 참아 주세요. 그리고 당신들은 부탁이니 아시엘 님께 예의를 갖춰 주시오."

그러나 용병들은 코웃음 쳤다.

"우린 말투가 원래 이렇소. 그게 마음에 안 든다면 돌아가도록 하지."

"큭큭! 결투는 살살 할 테니 염려 마쇼. 내 얼굴이 좀 험악해 보이긴 해도 저 연약한 여기사를 땅바닥에 드러눕게 만들 만큼 매정한 놈은 아니라오."

"흥! 닥쳐! 내가 너 따위에게 질 것 같으냐?"

스위니가 결국 발작을 하며 검을 휘두르려 했다. 결국 아시엘이 나섰다.

"멈춰요! 지금은 우리끼리 싸울 때가 아니에요. 스위니 경"

"네."

스위니는 어쩔 수 없이 뒤로 물러났다. 그녀와 막 결투를 벌이려던 용병은 픽 웃었다.

"한바탕 놀아 볼까 했는데 이거 싱겁군."

"큭큭! 자네에게 겁을 먹었나 보지. 자네 인상이 좀 험악한가?"

"흐흐. 아무리 그래도 명색이 용자의 기사라면 용자가
모욕을 당하는 상황에 절대 참아서는 안 되는 거 아냐?"

"킬킬킬! 겁쟁이 용자에 겁쟁이 기사라. 왠지 딱 어울리
는 조합이구만."

용병들이 배를 잡고 키득거렸다. 그 말에 스위니의 인상
이 일그러졌다.

'저것들이 감히!'

그녀는 당장이라도 저 건방진 용병들을 바닥에 패대기치
고 싶었지만 참았다. 아시엘이 간절한 표정으로 고개를 흔
들었기 때문이다.

그때 로이스가 아시엘을 불렀다.

"이봐!"

"네?"

아시엘이 고개를 돌리자 로이스가 뭔가에 기분이 잔뜩
상한 듯 심통 난 표정을 짓고 있었다.

"날 불렀으면 말을 해야지. 내게 할 말이 뭐야?"

"아, 그건……."

조금 전 아시엘이 로이스에게 다시 막 부탁을 하려던 참
에 용병들로 인해 그것이 중단되고 말았던 것이다.

"왜 말을 못하는 거지? 혹시 저 녀석들 때문이야? 그럼

내가 조용히 시켜 줄 수 있어."

로이스는 한쪽에서 조소를 흘리고 있는 용병들을 가리켰다. 그는 용병들이 딱히 자신에게 와서 시비를 건 건 아니다 보니 그냥 지켜보고 있었을 뿐이다. 그러나 용자인 아시엘을 우습게 보며 삐딱하게 나오는 모습이 영 거슬렸다.

순간 용병들은 어처구니없다는 듯 실소를 흘렸다.

"뭐라? 너 지금 우릴 조용히 시켜 준다 했냐?"

"웃기는 녀석이로군. 혼나고 싶어?"

"큭! 장비 한번 특이하구만. 로브를 입고 할버드를 매고 있다니. 너 대체 뭐하는 녀석이냐……허억!"

그런데 그때였다. 용병들이 돌연 조소를 멈추고 몸을 떨기 시작했다.

대체 무슨 일일까?

시종 방자한 태도로 일관하던 용병들이 무엇 때문에 놀랐는지 안색이 하얗게 질려 있었다.

물론 로이스 때문이었다.

그의 두 눈에서 번뜩이는 시퍼런 안광!

아까 아시엘에게 화가 났을 때 보였던 것과는 비할 수 없이 섬뜩하면서도 강력했다.

그것은 당연하다.

그때와는 달리 로이스가 강한 적개심을 드러냈으니까.

그 순간 포식자의 위압이 발현되었다.

로이스가 자신의 적이라 간주되는 존재에게 보내는 가공할 살기!

그러다 보니 용병들은 대항은커녕 숨이 막혀 제대로 서 있기조차 힘들었다. 극도의 공포심이 그들을 사로잡아 제정신이 아니었다.

"으으!"

"다, 당신은 누구?"

그러자 로이스가 싸늘히 웃더니 힐끗 고개를 돌려 아시엘을 쳐다봤다.

"저놈들 내가 손봐 줘도 되겠지? 너와는 별로 상관없는 녀석들 같으니 말이야."

그 말에 아시엘은 깜짝 놀랐다. 왠지 분위기를 보니 로이스가 손을 봐 주게 되면 용병들은 만신창이로 변하고 말 것이 분명했다.

용병들이 비록 자신에게 무례했던 것은 사실이지만 그렇다고 해서 그 꼴이 되도록 방치할 수는 없는 일.

"그건 안 돼요! 저들은 제가 고용한 용병들이에요."

"그래?"

로이스는 인상을 살짝 찌푸렸다. 그러고는 용병들을 노려봤다.

"너희들 진짜 아시엘의 용병 맞아?"

용병들이 황급히 고개를 끄덕이며 외쳤다.

"맞습니다."

"저희들은 용자 아시엘 님의 용병입니다."

그러자 로이스는 멈춰 섰다.

"그렇다니 일단은 봐준다."

봐준다는 말을 했지만 로이스의 눈빛에서 번뜩이는 살기는 여전했다.

"앞으로 조심해."

"옛!"

"조심하겠습니다."

용병들은 기가 팍 죽은 표정으로 고개를 숙인 채 로이스와 눈도 마주치려 하지 않았다.

사실 미스토스 용병들은 자신들보다 강한 적이 나타났다고 해서 쉽게 굴복하거나 전투를 포기하지는 않는다.

그러나 이상하게도 로이스 앞에서는 꼼짝을 할 수가 없었다.

로이스가 살기를 드러낸 순간 무슨 천적이라도 만난 듯 그저 도주하고 싶은 생각뿐.

그것이 그들 자신에게도 의문이었지만, 지금은 그런 걸 따질 만큼 평화로운 상황이 아니었다.

그렇게 눈 깜짝할 사이에 기센 용병들을 순한 고양이처럼 만들어 버리는 로이스의 능력을 보자 아시엘은 입을 다물지 못했다.

'멋지구나. 저자가 나의 용병이 되어 준다면 얼마나 좋을까?'

그때 로이스가 아시엘을 노려봤다.

"이제 말해 봐. 아까 날 불러 세운 이유는?"

아시엘은 조마조마한 심정으로 대답했다.

"계속 같은 부탁을 해서 염치가 없네요. 그래도 한 번 더 부탁할게요. 용병이 되어 날 좀 도와줄 수 없나요?"

"좋아. 용병이라면 상관없어."

"역시 그렇군요. 그럼 어쩔 수……네? 지금 뭐라 했죠?"

"좋다고 했어."

"……!"

당연히 그가 거절할 거라 생각했다. 그냥 최선을 다한다는 생각으로 한 번 더 부탁해 본 것뿐이다.

그런데 설마 수락할 줄이야.

이에 놀란 건 아시엘뿐이 아니다. 스위니와 타르파 역시 이 상황에 놀랐는지 입을 쩍 벌렸다.

"진심이세요?"

"내 말을 못 믿는 거야?"

"아니, 그게 아니라."

로이스가 못마땅한 표정을 지었지만 아시엘 등은 여전히 이 상황이 믿기지 않았다. 수십 번을 부탁해도 안 들어줄 거라 생각했는데 딱 세 번 만에 들어주다니.

그때 로이스가 담담히 말했다.

"단, 조건이 있어."

"조건이요?"

"난 명령은 받지 않아. 부탁은 들어줄 수 있지."

용병으로 싸워 주긴 하겠지만 명령은 받지 않겠다는 것!

자신의 도움이 필요하면 명령이 아닌 부탁을 하라는 것!

그것이 바로 로이스의 조건이었다.

아시엘은 그게 뭐 어렵냐는 듯 기꺼이 고개를 끄덕였다.

"그럼 부탁하면 들어주신다는 거죠?"

"하지만 그것도 내가 내키지 않으면 하지 않아. 내가 하고 싶은 일만 할 거야. 그래도 상관없어?"

"물론이에요."

아시엘은 다시 고개를 끄덕였다.

부탁도 기분이 내켜야 들어준다니!

이건 용병이 아니라 상전을 모시는 수준이었다.

그러나 지금 아쉬운 건 아시엘이었다. 로이스가 기분 내킬 때 한 번씩 도와만 줘도 큰 힘이 될 것이다.

그것은 스위니와 타르파 역시 같은 생각인지 그에 대해 어떤 토도 달지 않았다. 특히나 타르파는 혹시라도 로이스의 마음이 바뀔세라 잽싸게 다가와 말했다.

"하하하, 로이스 님! 용병이 되신 것을 진심으로 축하합니다."

"뭐 축하할 것까지야."

그러나 그 말과 달리 로이스의 입가에는 미소가 걸려 있었다. 이유야 어쨌든 축하받으면 기분이 좋은 것은 사실이니까.

"이제 저의 질문에 다시 한 번 대답하시면 정식으로 계약이 성립하게 될 겁니다. 조금 번거로우시겠지만 절차이니 따라 주셨으면 합니다."

용자와의 계약!

이는 그냥 말로만 용병이 된다고 해서 끝나는 것이 아니었다. 용자의 용병이 되기 위해서는 정식 절차가 있는 것이다.

"좋아."

로이스가 고개를 끄덕이자 타르파가 곧바로 안경을 고쳐 쓰더니 뭔가 비장한 표정을 지으며 말했다.

"로이스 님! 그대는 용자 아시엘 님의 용병이 되시겠습니까?"

그 순간 타르파의 몸에서 알 수 없는 신령한 빛이 일어났다. 그의 음성도 장엄하게 변해 있었다.

동시에 그때 로이스의 시야에도 뭔가가 나타났다.

　[용자의 용병이 되면 대량의 미스토스를 얻을 수 있는 기회를 얻게 됩니다.]
　[당신은 용자 아시엘의 용병이 되는 것을 수락하겠습니까?]
　[수락한다/거절한다]

'별게 다 보이네.'

군주의 목걸이가 보여 주는 글자들! 이는 물론 로이스 자신에게만 보이는 것이었다. 그렇지 않았다면 다들 저게 뭔가 하고 두 눈이 휘둥그레 커졌을 테니까.

'그보다 용병이 되면 미스토스를 많이 얻게 된다고?'

뭐 이건 릴리아나에게 이미 들은 내용이라 로이스도 잘 알고 있었다. 그리고 어차피 용병이 되기로 결정한 터라 망설일 이유가 없었다.

"수락한다."

그러자 타르파가 환호했다.

"되었습니다, 로이스 님. 이제부터 당신은 아시엘 님의 용병이 되었습니다. 앞으로 잘 부탁드립니다, 하하하."

그때 로이스의 시야에 새롭게 나타난 문장들.

　　[당신은 용자 아시엘의 용병이 되었습니다.]

　　[그러나 용병 계약은 당신을 구속하지 않습니
다.]

　　[당신이 원하면 언제든 용병 계약을 해지할 수
있습니다.]

계속해서 또 다른 문장이 나타났다.

그런데 이번에는 뭔가 느낌이 달랐다.

　　[미스토스 기사로서 용자의 용병이 된 당신에게
특별한 축복이 임합니다.]

특별한 축복은 뭘까?

그 순간 상공에서 환한 빛이 폭풍처럼 쏟아져 내려와 로
이스의 몸을 휘감았다.

화아아악!

그 빛은 로이스의 몸을 휘돌더니 커다란 날개의 형상으
로 화했다

'이게 뭐지?'

로이스는 고개를 갸웃했다. 어느새 그 빛의 날개는 환영처럼 사라져 버렸다.

그때 다시 나타난 문장.

[빛나는 미스토스의 날개를 얻었습니다.]

＊빛나는 미스토스의 날개

―미스토스의 세계에서 아주 드물게 나타나는 특별한 축복.

―몬스터를 죽이고 얻는 보상 증가.

―용자 아시엘과 용병 계약이 지속되는 한 이 축복은 계속됨.

'오! 이런 것도 있어?'

빛나는 미스토스의 날개라 불리는 이 날개는 로이스의 눈은 물론이고 다른 사람들의 눈에도 보이지 않았다.

그 이유는 그것이 실제 날개가 아니라 축복이기 때문이다.

로이스는 릴리아나와 미스토스의 계약을 하면서 샤론 대륙에서 빠른 성장이 가능한 미스토스의 은총을 받았다. 여기에 빛나는 미스토스의 날개가 주는 축복까지 더해졌으니 앞으로 더욱 빠르게 강해질 수 있을 것이다.

"오! 이럴 수가!"

그때 타르파가 탄성을 질렀다. 로이스가 정식으로 용병 계약을 마치자, 그 순간 타르파는 로이스의 신분을 알아볼 수 있었기 때문이다. 이는 집사로서의 능력이 주는 직감.

"로이스 님! 설마 당신의 신분이 미스토스의 기사였습니까?"

"그걸 어떻게 알았지? 맞아, 나 미스토스 기사야."

로이스는 대수롭지 않다는 듯 대답했다. 조만간 상급 기사가 될 것이며, 머지않아 미스토스 군주가 될 것이지만, 굳이 그런 것까지 미리 말할 필요는 없을 것이다.

타르파는 다시 탄성을 질렀다.

"세상에! 이건 도무지 상상도 못 했던 일입니다."

아시엘 역시 뛸 듯이 기뻐했다.

"아, 로이스 님이 미스토스 기사였다니!"

그녀 역시 미스토스의 기사가 뭔지 정도는 타르파에게 들어 알고 있었다.

샤론 대륙에서 용자가 고용할 수 있는 특별한 용병들!

그들을 일컬어 미스토스 용병이라 한다.

그러나 그 용병들의 능력은 그야말로 천차만별!

그중에서 기사급의 용병을 고용하려면 엄청나게 비싼 급료를 주어야 하는데, 현재 아시엘이 가진 미스토스로는 꿈도 꿀 수 없었다.

그리고 설령 미스토스가 웬만큼 있다고 해도 용자의 명성이 부족하면 미스토스 기사들은 코웃음만 칠 뿐이라고 했다.

다시 말해 용자가 미스토스 기사를 용병으로 고용하는 건 무척이나 어려운 일이라는 뜻.

그런데 지금까지 그저 싸움 좀 잘하는 괴팍한 소년으로 알고 있던 로이스가 전설의 미스토스 기사였을 줄이야.

스위니 역시 선망이 가득한 눈빛으로 로이스를 쳐다봤다.

"와! 어쩐지. 정말 강하다 했어요!"

그뿐이 아니다. 방금 전까지 로이스를 향해 알 수 없는 두려움과 공포를 느끼던 미스토스 용병들은 비로소 자신들이 왜 그런 처지에 놓였는지 깨달았다.

"존귀하신 분이시여!"

"미천한 저희들의 결례를 용서해 주십시오!"

그들은 즉시 로이스 앞에 부복했다.

Chapter 5
파괴의 마력석

　미스토스 용병들의 세계에서 기사들은 매우 희귀한 존재
다.

　미스토스 용병의 대부분은 병사들.

　물론 병사들 또한 하급과 상급으로 나뉘며 그 능력들은
천차만별이다. 상급 병사 한 명이 하급 병사 수십 명을 상
대할 만큼 능력이 출중한 경우도 있다.

　그러나 기사는 그런 상급 병사들 수십 명을 어렵지 않게
상대할 수 있는 전투력을 보유하고 있다.

　그런 만큼 그들이 가진 자부심은 보통이 아니다.

　단순히 용자가 부른다고 해서 가는 것이 아니라 용자에

게 그만한 자격이 있는지를 따지게 되는 것은 당연하다.

따라서 용자가 미스토스 기사를 고용할 수 있다는 것은 그것 자체로도 명성이 상승할 만큼 대단한 일.

또한 용자의 진영에 미스토스 기사가 있으면 미스토스 용병들의 사기가 급증하게 된다.

그러다 보니 아시엘이 로이스를 용병으로 고용한 순간부터 그전까지 그녀를 무시하던 미스토스 용병들의 태도가 급격히 달라졌다.

"헤헤! 아시엘 님, 아까의 무례를 용서해 주십시오."

"저희들도 알고 보면 착한 놈들입니다."

"뭐든 명령만 내려 주십시오."

그들은 아시엘뿐 아니라 스위니나 타르파에게도 공손한 태도를 취했다. 그냥 겉으로 하는 척만 하는 것이 아니라 진심으로 그렇게 하는 게 느껴졌다.

이것이 바로 미스토스 기사의 위력인 것이다.

스위니는 속으로 코웃음 쳤다.

'아무리 그래도 어떻게 사람들이 이렇게 순식간에 변하냐?'

말 그대로 인간이 싫어질 정도였다. 그래도 아까처럼 불손한 것보다는 훨씬 보기 좋은 건 사실.

아시엘이 스위니를 불렀다.

"스위니 경! 앞으로 그대가 용병들을 지휘해 경비를 맡아 주세요."

"네, 명을 받들겠어요."

그렇게 용자의 기사인 스위니가 용병들을 통솔하는 경비 대장이 되었다. 물론 로이스는 예외였다. 로이스는 누구의 명령도 받지 않고 그가 내킬 때만 나서서 전쟁을 수행하는 미스토스 기사이니까.

곧바로 스위니가 용병들을 불러 모았다.

"모두 모여! 그럼 주의 사항을 전달하도록 하겠다."

"옛! 충성!"

"뭐든 명령만 내려 주십쇼, 대장!"

다섯 명의 용병들은 그 즉시 스위니 앞에 집결했다. 그들은 이어지는 스위니의 지시 사항을 꼼꼼히 새겨듣기 시작했다.

그사이 아시엘은 타르파와 함께 로이스에게 다가왔다.

"로이스 님, 상의드릴 것이 있어요. 앞으로 저는 아주 어려운 임무를 수행해야 해요."

"그게 뭔데?"

"메르카 숲에 있는 마족을 해치우고 이꼬트들을 구해 주는 임무죠."

그 말을 하며 아시엘은 힐끔 로이스의 눈치를 봤다. 로이스가 아무리 미스토스의 기사라 해도 마족이라는 말을 들으면 꺼림칙해 할 수도 있기 때문이다.

그러나 로이스는 그 말을 듣고도 별로 놀라는 기색이 없었다.

"그래서? 내게 하고 싶은 말은?"

"당신이 함께 싸워 준다면 든든할 거예요. 하지만 내키지 않는다면 어쩔 수 없겠죠."

로이스에게는 강제로 명령을 내릴 수 없다. 부탁은 할 수 있지만, 그것도 그가 내킬 때만 들어주는 것이니, 그가 원하지 않는다면 이번 임무는 아시엘이 미스토스 용병들과 어떻게든 수행해야 할 것이다.

타르파가 로이스의 눈치를 살피며 말했다.

"하하, 물론 로이스 님이 그깟 마족을 두려워하실 분이 아니라는 것쯤은 잘 알고 있습니다만."

그런데 그때 로이스는 약간 못마땅한 기색이었다.

"그러니까 너희들도 그 하이칸이란 놈을 상대하려는 거군."

"마족 하이칸을 알고 있나요?"

아시엘과 타르파는 깜짝 놀랐다. 방금 전에 그녀는 로이스에게 마족이 있다고만 했지 이름까지 알려 주지는 않았기 때문이다.

"대충은. 그놈이 이꼬트들이 가지고 있다는 고대 용자의 망토라는 유물을 빼앗으려 하고 있다 들었거든."

아시엘의 두 눈이 반짝였다.

"맞아요. 그래서 저는 하이칸을 죽이고 그 망토를 얻어야 해요. 그런데 그 사실을 누구에게 들었죠?"

"라크아쓰라는 녀석이야. 네이더들의 두목이라고 했어."

로이스는 간략하게 그때 있었던 일을 얘기해 줬다.

거대 거미 네이더들의 두목 라크아쓰를 굴복시킨 것과 하이칸의 오른팔이라 불리는 마족 플리게를 해치운 것.

그러자 아시엘과 타르파의 입이 쩍 벌어졌다.

"네? 지금 뭐라 하셨어요?"

"마족을 해치우셨다고요?"

로이스는 고개를 끄덕였다.

"응."

로이스가 별거 아니라는 식으로 대답하자 아시엘 등은 일순 믿기지 않는 듯 잠시 멍한 표정을 지었다.

그러나 아시엘은 그간 로이스를 보아 오면서 그가 거짓말이나 실없는 농담을 하지 않는 성격임을 간파한 터였다.

따라서 그가 마족을 해치웠다는 건 분명 사실일 것이다.

곧바로 아시엘은 로이스를 향해 경탄이 가득한 표정으로 말했다.

"마족까지 이기다니 정말 멋져요. 절 도와주실 거죠?"

"물론 도와줘야지. 나도 용병이니까. 하지만 조건이 있어."

"무슨 조건인지 말씀해 보세요."

아시엘은 뭐든 들어주겠다는 듯한 태도였다. 로이스는 팔짱을 낀 채 그녀를 슥 노려봤다.

"이꼬트들이 가지고 있다는 고대 용자의 망토는 내가 가질 거야."

"앗, 그건……."

"로이스 님! 그건 좀……."

아시엘과 타르파는 울상을 지었다. 로이스가 인상을 구겼다.

"싫으면 관둬. 아무리 내가 용병이지만 남 좋은 일만 할 수는 없거든. 내 말이 틀려?"

"아니에요. 틀린 건 아니지만."

아시엘은 한숨을 내쉬었다.

'그래. 어쩔 수 없잖아.'

어차피 로이스가 도와주지 않는다면 이 임무의 완수는 거의 불가능한 상황이다.

따라서 고대 용자의 망토라 불리는 그 진귀한 보물을 로이스에게 주는 것은 아깝지 않았다.

다만 아시엘도 내심 그 망토를 얻고 싶은 마음이 있었기에 다소 서운한 것은 사실이었다.

'너무해. 그 망토는 용자인 내가 아니면 쓸모가 없을 텐데.'

사실 로이스도 그런 사실을 짐작하고는 있었다. 그러나 혹시 모른다는 생각에 한 번 장착해 볼 생각이었다.

'후후, 그걸 얻으면 내가 용자인지 아닌지 확실히 알 수 있겠지.'

레카온은 용자보다 미스토스 군주가 더 대단하다고 말했지만, 그래도 로이스는 아직까지 용자에 대한 미련을 완전히 버린 것은 아니었다.

마지막 남아 있는 일말의 미련!

만약 그 망토를 얻고도 사용할 수 없다면 그때는 정말로 용자에 대한 모든 미련을 털어 버릴 수 있으리라.

그때 아시엘이 애써 미소를 지으며 말했다.

"고대 용자의 망토는 양보하겠어요. 이제 절 도와주실 건가요?"

그사이 그녀는 망토에 대한 미련을 버리기로 했다. 그보다는 임무 완수가 더욱 중요하다는 생각 때문이었다.

"좋아. 그럼 그 마족 녀석은 내가 해치워 주겠어."

"고마워요. 이제 마음이 놓이네요."

그 말과 달리 아시엘은 조금 시무룩한 표정이었다. 풀 죽은 고양이와 같은 모습이랄까?

"솔직히 말해 봐. 그 망토가 아까운 거지?"

"제게 진짜 필요하거든요."

"근데 왜 양보했어?"

"임무 완수가 더 중요하니까요."

그러자 로이스는 잠시 고심하는 듯한 표정으로 말했다.

"만약 내게 별 쓸모없으면 네게 줄 수도 있어."

"정말이죠?"

아시엘의 표정이 급격히 밝아졌다. 로이스는 시큰둥한 표정으로 고개를 흔들었다.

"줄 수도 있다는 거지 준다고는 안 했거든. 너무 기대는 하지 마."

"네."

그래도 아시엘은 기대가 가득한 눈빛이었다.

한편 그렇게 로이스와 아시엘이 협상을 마무리하는 순간이었다.

"누구시오?"

"정체를 밝히시오!"

그사이 스위니의 지시에 따라 울타리 입구에서 경비를 서던 미스토스 용병들이 누군가를 발견하고 크게 외쳤다.

"난 적이 아니니 염려 말아요."

순간 들려오는 맑은 음성. 로이스에게는 매우 귀에 익은 것이었다.

"릴리아나! 여긴 웬일이야?"

다름 아닌 수호 요정 릴리아나였다. 그녀는 꽃의 요정 특유의 도도한 자태를 뽐내며 걸어왔다.

몽환적으로 반짝이는 순백색의 머리카락. 오똑한 콧날 아래 그림처럼 그려진 은빛 입술.

휘리리리.

수많은 백색의 작은 꽃송이들이 바람처럼 그녀를 휘돌고 있었는데 세상의 그 어떤 옷보다 아름다워 보였다.

"아!"

"우와!"

그녀를 본 아시엘과 스위니 등의 두 눈이 휘둥그레 커졌다. 꿈에서나 볼 듯한 신비한 광경이었던 것이다.

그런데 집사 타르파의 놀람은 그녀들과는 달랐다. 릴리아나의 미모 때문에 놀란 것이 아니라 그녀의 정체가 짚이는 바가 있어서였다.

"서, 설마 당신은?"

그러자 릴리아나가 빙긋 웃었다.

"당신이 용자의 총사군요."

순간 타프파의 표정이 머쓱하게 변했다.

"총사는 아니고 집사입니다. 그보다 혹시 당신은?"

"맞아요. 당신이 짐작하는 그것이."

"아, 역시 그렇군요. 정말 영광입니다, 하하하."

타르파는 씩 웃었지만 여전히 그의 눈은 경악으로 가득했다. 그때 릴리아나가 아시엘을 향해 미소 지었다.

"용자 아시엘 님! 이렇게 만나서 반가워요."

아시엘은 고개를 끄덕이고는 물었다.

"당신은 대체 누구죠?"

그러자 로이스가 별일 아니라는 듯 대답했다.

"신경 쓸 것 없어. 릴리아나는 내 수호 요정이야."

"요정이요? 아, 어쩐지."

아시엘의 두 눈이 번쩍였다. 스위니 역시 마찬가지였다. 마치 어린 소녀들처럼 호기심으로 빛나는 눈빛들.

'세상에! 요정이 정말로 있었어.'

'정말 아름다워. 말로만 듣던 요정이 저런 모습이구나.'

그때 릴리아나가 빙긋 웃으며 말했다.

"아시엘 님이 허락하신다면 마당의 한쪽에 로이스 님이 머물 작은 꽃밭을 만들고 싶은데 괜찮을까요?"

"꽃밭이요?"

"저는 원래 다른 이들에게는 모습을 보이지 않지만 지금은 예외예요. 또한 로이스 님이 당신과 용병 계약을 한 순간부터 거처를 이곳으로 옮길 수 있게 됐죠. 허락해 주실 건가요?"

그 순간 타르파가 아시엘에게 다급히 뜻을 전했다.

「무조건 허락하십시오, 아시엘 님! 이건 정말 엄청난 행운입니다. 자세한 이유는 나중에 설명드릴게요.」

이는 아시엘에게만 전해지는 음성이었다.

'엄청난 행운이라고?'

사실 아시엘이 허락하지 않을 이유가 없었다. 우물 하나 없는 황량한 마당 한쪽에 전설의 요정이 머무는 꽃밭이 생기는 것이라면 오히려 환영할 만한 일이니까.

"네, 허락하겠어요."

"고마워요, 아시엘 님."

릴리아나는 고개를 살짝 숙여 예를 표하고는 마당을 슥 훑어봤다.

"저쪽이 좋겠군요."

그 말이 끝나는 순간 그녀의 모습이 환영처럼 사라졌다. 동시에 마당의 한쪽에 아름다운 꽃밭이 생겨났다.

"와! 저 꽃들 좀 봐!"

"정말 멋져요!"

아시엘과 스위니가 감탄했다. 타르파가 상기된 표정으로

다가와 말했다.

"저건 단순한 꽃밭이 아닙니다, 아시엘 님."

"그럼 뭐죠?"

"제 짐작이 틀리지 않는다면 저건 로이스 님을 보호하는 수호 요정의 방어 결계가 분명합니다."

"방어 결계요?"

"예. 틀림없습니다."

타르파는 의미심장한 미소를 지으며 말을 이었다.

"따라서 저 결계가 있는 것만으로도 이 집의 방어에 큰 도움이 됩니다. 꽃의 요정이 직접 방어를 위해 나서 주지는 않겠지만 유사시 적들이 침투해도 저쪽으로는 얼씬도 하지 못할 거거든요."

"그럼 정말 잘됐네요."

아시엘도 기뻐했다. 사방에 무시무시한 적들이 우글거리는 상황에 든든한 아군이 또 하나 생겼으니 얼마나 다행인가.

스스.

그때 꽃밭에 백색의 그림자가 생겨나더니 그것은 이내 릴리아나의 환상적인 모습으로 화했다.

아까와 달리 그녀는 손에 뭔가를 들고 있었다. 푸른 나뭇잎으로 만들어진 작은 병이었다. 그녀는 그 병을 로이스를 향해 내밀었다.

"로이스 님, 유액 드실 시간이에요."

로이스는 그것을 받아 들고는 곧바로 들이마셨다.

벌컥! 벌컥!

그렇게 로이스가 유액을 마시는 모습을 릴리아나는 흐뭇한 미소를 지으며 지켜봤다.

"천천히 드세요. 급하게 마시면 체해요."

"괜찮아. 다 마셨어."

로이스는 씩 웃으며 빈 병을 릴리아나에게 돌려줬다.

'역시 유액은 맛있어.'

마시는 순간 전신이 상쾌해지며 힘이 솟아났다.

[릴리아나의 유액이 당신을 강하게 합니다.]

[전투력이 상승했습니다.]

[최대 맷집과 미흐가 소폭 증가합니다.]

이름 [로이스]

레벨 [32]

칭호 [오보츠 숲의 포식자]

신분 [미스토스 기사]

맷집 4030/4030

레벨은 변동 없지만 맷집과 미흐가 10씩 늘어났다.

이는 매번 유액을 마실 때마다 나타나는 현상은 아니지만 그래도 꽤 자주 일어나는 일이었다.

다시 말해 로이스는 유액을 꾸준히 마셔 주는 것만으로도 조금씩 강해지고 있는 것이다.

"후후, 덕분에 또 강해졌어. 고마워, 릴리아나."

"고맙긴요. 당연한 일인걸요. 자, 이건 유액을 잘 드셨으니 선물이에요."

릴리아나는 커다란 비스킷 하나를 건넸다. 로이스는 반색하며 그것을 받아 들었다.

"그럼 전 안에 있을 테니 쉬고 싶을 때 들어오세요."

"그래."

로이스가 고개를 끄덕이자 릴리아나는 환한 미소를 짓고는 꽃밭 속으로 사라졌다.

옆에서 그 장면을 멍하니 지켜보고 있던 아시엘이 로이스에게 물었다.

"방금 전에 먹은 게 뭐죠?"

"유액이야."

"유액? 그게 뭔데요?"

"릴리아나의 젖."

로이스는 그런 것도 모르냐는 듯 못마땅한 표정으로 대답했다. 그러자 아시엘과 스위니의 두 눈이 커졌다.

"저…… 젖이라고요?"

"설마 그, 그걸?"

그녀들은 얼굴이 화끈거리는지 더 이상 말을 잇지 못했다. 이에 타르파가 웃으며 말했다.

"하하, 이상하게 생각할 것 없습니다. 꽃의 요정의 유액은 인간들이 생각하는 것과는 다르거든요."

"다르다고요? 뭐가요?"

"일단 꽃의 수호 요정 자체가 극히 희귀한 존재입니다. 그 희귀성으로 따지면 용자보다 더하다 할 수 있을 정도이죠. 특히 꽃의 요정의 유액은 그녀가 미스토스의 힘을 통해 만들어 내는 힘의 정화입니다. 그건 그녀와 미스토스 계약을 한 대상을 강하게 만들어 줍니다."

"그렇군요."

아시엘은 신기하면서도 뭔가 민망해하는 기색이었다. 아무리 그래도 그렇지, 다 큰 소년이 젖을 마신다는 것은 좀……. 무슨 아기도 아니고.

그러다 보니 로이스를 바라보는 아시엘과 스위니의 표정이 기이하게 변했다. 뭔가 나이 든 어른이 아이를 바라보는 듯한 눈빛이랄까?

"뭐지? 그 눈빛들은?"

그러다 로이스가 기분 나쁘다는 듯 노려보자 그녀들은 움찔 시선을 피했다. 로이스는 잠시 고민하는 표정을 짓더니 비스킷의 반을 툭 잘라 아시엘에게 내밀었다.

"먹고 싶으면 먹고 싶다고 말해. 그렇게 불쌍한 표정으로 쳐다보지 말고."

설마 비스킷이 먹고 싶어서 그랬을까? 아시엘은 일순 억울해하는 표정을 지었지만 그래도 로이스가 내미는 비스킷을 거절하지는 않았다.

"그걸로 셋이 나눠 먹어. 더 이상은 못 줘."

"이거면 충분해요."

아시엘은 비스킷을 삼등분해서 스위니와 타르파에게 내밀었다.

와작!

스위니는 한 입에 그것을 털어 넣었다.

"맛있네요. 그렇지 않아도 배가 고팠는데."

"쩝쩝! 고맙습니다, 로이스 님."

타르파도 비스킷을 씹으며 좋아했다. 그사이 로이스는 꽃밭 안으로 들어갔다.

그런데 방금 전까지 밖에서는 신비롭고 도도한 수호 요

정의 기세를 한껏 보여 주던 릴리아나가 안에서는 다시 형클어진 자태로 앉아 마력의 구슬을 쳐다보고 있었다.

"아직도 봉인을 못 푼 거야?"

그러자 릴리아나가 고개를 슥 돌려 로이스를 쳐다봤다. 예상과 달리 그녀의 입가에는 미소가 걸려 있었다.

"못 풀긴요. 벌써 풀었어요. 이걸 봐요."

릴리아나는 마력의 구슬을 들어 올려 보였다. 암흑처럼 검던 구슬의 빛깔이 피처럼 붉게 변해 있었다.

"뭐가 달라진 거지?"

"이건 파괴의 마력석이라고 불러요. 무기에 붙이면 무기의 위력이 강해지게 되죠."

그 순간 로이스의 목에 걸린 군주의 목걸이가 빛나며 글자들이 나타났다.

　＊ 파괴의 마력석

　—등급 : 전설

　—마족의 파괴적인 힘이 들어 있는 구슬.

　—무기에 부착 시 파괴적인 힘을 사용할 수 있음.

확실히 릴리아나가 말한 대로였다. 마력의 구슬은 봉인

을 풀자 파괴의 마력석으로 바뀐 것이다.

"그럼 그걸 이 할버드에 붙여도 되는 거야?"

"물론이죠. 부착 시 미스토스가 소모되긴 하지만 그만큼 할버드의 위력이 강해지게 돼요. 나중에 필요 없으면 다시 빼서 다른 무기에 부착할 수도 있어요."

"그럼 한번 해 봐."

로이스는 어둠의 미늘창을 릴리아나의 앞에 내려놓았다.

미스토스가 소모된다는 것이 조금 그렇긴 했지만, 처음에만 한 번 소모될 뿐이니 그 정도는 감수해도 될 것이다.

곧바로 릴리아나가 파괴의 마력석을 어둠의 미늘창 창대에 부착했다.

화아악!

찬란한 미스토스의 광채가 그녀의 손에서 뻗어나가자 마력석이 흐물흐물 녹더니 어둠의 미늘창을 붉게 물들였다.

츠츠츠—

그 후로 핏빛의 오러가 한동안 어둠의 미늘창을 휘감다가 이내 사라졌다.

"됐어요."

"할버드 색이 변했네."

"마력석의 기운 때문이죠."

흑색의 날이 섬뜩한 핏빛으로 바뀌었다. 누가 봐도 겁을 낼 만큼 무시무시한 모습이었다.

　　* 파괴의 미늘창
　　—등급 : 영웅
　　—주름이 제작한 특수 합금 무기에 파괴의 마력
　석이 부착됨.
　　—공격 시 대상에게 추가로 어둠 속성 피해를
　줌.

　마력석을 부착했을 뿐인데 본래 희귀 등급이던 할버드가
영웅 등급이 되었다. 게다가 이름도 파괴의 미늘창으로 바
뀌었다.
　"후후, 뭔가 그럴듯하네. 이거면 마족 녀석들을 상대하
는 데 큰 도움이 되겠지."
　할버드의 창대를 쥔 로이스의 두 눈이 빛났다.

　　　　　*　　　　　*　　　　　*

　메르카 숲 네이더의 동굴.
　어두컴컴한 동굴의 가장 안쪽에는 네이더들의 두목 라크
아쓰가 웅크리고 있었다.

그때 동굴 입구에 뭔가가 나타났다.

키가 무려 3로빗(m)이나 되는 장신의 리자드맨.

보통의 리자드맨은 피부가 초록색인데 반해 지금 나타난 것은 피부가 탁한 자줏빛을 띠고 있었고, 두 눈은 핏물에라도 담근 듯 섬뜩한 붉은색으로 번쩍였다.

다름 아닌 메르카 숲 리자드맨들의 두목 쿠라켄!

그의 오른손에는 그의 키보다 훨씬 더 큰 창이 들려 있었다.

그리고 그의 뒤로 나타난 수백여 마리의 리자드맨 전사들.

라크아쓰는 그들이 메르카 숲의 심처에서 나온 하이칸의 친위 부대임을 알아보고는 몸을 떨었다.

스윽.

쿠라켄의 시선이 동굴 안쪽 어둠이 가장 짙은 곳으로 향했다.

"라크아쓰! 여전히 겁쟁이처럼 동굴에서 웅크리고만 있는 건가?"

"닥쳐라. 이곳엔 무슨 일이냐?"

라크아쓰는 불청객의 방문이 불쾌한 듯 험악한 기세를 뿜어냈다. 쿠라켄이 키득거렸다.

"크크크, 누가 네놈의 흉물스러운 모습이 보고 싶어서

왔겠느냐? 나는 하이칸 님의 명령을 수행하러 왔을 뿐이
다."

"하, 하이칸 님의 명령이라고?"

메르카 숲의 지배자인 마족 하이칸!

라크아쓰는 드디어 올 것이 왔다는 생각에 몸을 떨었다.

"그분께서 무슨 명령을 내렸느냐?"

"하이칸 님의 오른팔이라 할 수 있는 마족 플리게! 나는
그분의 행방을 찾고 있다. 그런데 그분의 종적이 이 동굴을
끝으로 자취를 감췄단 말이야."

쿠라켄의 두 눈이 동굴을 날카롭게 훑었다.

친위 대장이자 메르카 숲의 경비 대장이기도 한 쿠라켄!
그는 전투력도 강력하지만 각종 수색이나 추적, 정찰에 능
했다.

그쪽 방면으로는 사냥개보다 더한 감각을 지녔다는 그였
다. 그런 그가 플리게가 죽은 지 대략 하루 만에 이곳에 나
타난 것이다.

"말해라. 너 따위 녀석이 플리게 님을 어찌할 수는 없을
것이고, 그분에게 무슨 일이 벌어졌느냐?"

쿠라켄은 동굴 도처에서 치열한 격전의 흔적을 찾아냈
다. 특히 마족 플리게의 필살기라 할 수 있는 죽음의 번개
가 펼쳐진 흔적까지 발견하자 쿠라켄의 눈빛은 차갑게 가

라앉았다.

"그, 그것이……."

라크아쓰는 다시 몸을 세차게 떨었다. 쿠라켄이 인상을
찌푸렸다.

"네놈은 그저 본 것만 얘기하면 된다. 여기서 무슨 일이
있었는지."

"아, 알겠다."

라크아쓰는 그 사실을 숨겨 봤자 자신에게 아무런 이득
이 없음을 알고 있었다. 다만, 솔직히 다 말하게 되면 그 자
신에게도 하이칸의 추궁이 이어질 것을 우려했다.

'그 인간 놈에게 옷을 만들어 바치고 살아남았다는 걸
알게 되면 하이칸 님이 나를 때려죽일지도 몰라.'

하이칸은 자신의 부하들이 적에게 비굴한 모습을 보이는
걸 무척이나 싫어하기 때문이다.

따라서 라크아쓰는 플리게의 죽음을 목격하고도 이곳에
서 그냥 웅크리고만 있을 뿐 따로 보고하지 않았다. 그냥
모르는 척하고 있으면 모든 게 지나가리라 생각했던 것이
다.

그러나 불과 하루 만에 쿠라켄이 이곳에 나타나 대략의
상황을 파악해 버렸으니 미칠 지경이었다.

Chapter 6
고대 용자의 유물

쿠라켄이 창을 바닥에 쿵 찍으며 소리쳤다.

"잔머리 굴리지 말고 어서 말하지 못하느냐? 네놈이 겁쟁이라는 것은 모두가 알고 있는 일. 그냥 있는 그대로 꾸밈없이 얘기해라. 쓸데없이 잔머리 굴리면 죽여 버리겠다!"

"제길! 알았으니 그만 겁줘."

라크아쓰는 풀 죽은 표정으로 로이스라는 정체불명의 인간이 나타나 마족 플리게의 심장을 터뜨려 죽인 상황을 그대로 설명해 줬다.

물론 그 자신이 로이스에게 옷을 만들어 바쳤다는 얘기는 빼고 말이다.

그러자 쿠라켄은 흠칫 놀란 기색이었다.

"인간이라고? 그러고 보니 숲에 요 며칠 사이 인간들이 몇 나타났다는 얘기는 들었지. 그런데 고작 인간 따위에게 플리게 님이 당했다는 거냐?"

그 말에 라크아쓰는 치를 떨었다.

"고작이라니! 그자는 보통의 인간이 아니야. 너도 조심하는 게 좋을 거다."

전신이 화염에 익어 버린 상태에서도 조금의 주저함도 없이 돌진해 마족 플리게의 심장을 박살 내 버렸던 로이스. 그의 모습을 떠올리기만 해도 라크아쓰는 다리가 풀려 움직이지 못할 지경이었다.

"큿, 겁쟁이 놈 같으니!"

쿠라켄은 라크아쓰가 도무지 마음에 안 드는지 경멸이 가득한 눈빛으로 말을 이었다.

"그런데 네놈은 어떻게 살아남았느냐? 마족을 쓰러뜨릴 만큼 강한 인간으로부터 말이야."

"그가 그냥 살려 줬다. 정말이야!"

"닥쳐! 아무래도 뭔가 수상해. 플리게 님이 인간 따위에게 당한 것도 그렇고, 네놈이 배신한 게 틀림없어."

그 말에 라크아쓰는 울컥했다.

"공연히 넘겨짚지 마라. 네놈 말대로 나같이 하찮은 놈이 배신을 해 봤자 그게 플리게 님을 궁지에 처하게 만들 수 있을 것 같으냐?"

"흐, 그건 그렇군."

쿠라켄은 조소를 흘리며 고개를 끄덕였다. 틀린 말이 아니었다. 하늘이 무너진다 해도 고작 라크아쓰의 배신 정도로 플리게가 궁지에 처할 일은 없다. 다소 돌발 상황은 있을지 모르지만 말이다.

다시 말해 플리게가 당했다면 그것은 라크아쓰의 배신 때문이 아니라 그 인간의 능력이 그만큼 뛰어나다는 것을 의미했다.

"하지만 나는 네놈이 살아 있는 게 여전히 수상해."

"그냥 살려 달라고 빌었더니 살려 줬을 뿐이야."

휘익—

순간 쿠라켄이 창을 번쩍 휘둘러 라크아쓰의 머리에 가져다 댔다.

"아직 나에게 말하지 않은 게 있을 거야. 좋게 말할 때 순순히 불어라."

쿠라켄의 번뜩이는 눈빛을 마주한 라크아쓰는 어쩔 수 없다는 듯 울상을 지으며 입을 열었다.

"그가 원하는 옷을 한 벌 만들어 바쳤다. 그러니까 살려 줬어. 그 외에는 없다."

"뭐? 옷이라고?"

쿠라켄은 어처구니없다는 듯 라크아쓰를 노려봤다.

"나는 어떤 옷이든 한 번 보면 똑같은 모양으로 만들 수 있는 능력이 있다. 플리게 님과의 전투 중 불에 타 사라진 그 인간 놈의 옷을 내가 똑같이 만들어 줬어."

그러자 쿠라켄은 잠시 어처구니없다는 표정으로 라크아쓰를 쳐다봤다.

"비굴한 놈 같으니! 네놈은 차라리 플리게 님을 따라 죽었어야 했다. 뭣들 하느냐? 저놈을 포박해!"

"예!"

리자드맨 전사들이 우르르 몰려와 라크아쓰를 줄로 묶었다. 그러다 보니 거대 거미인 라크아쓰가 마치 거미줄로 칭칭 감긴 듯 괴상한 모습이 되었다.

"으! 나를 어쩔 셈이냐?"

"네놈은 비굴한 짓을 했으니 하이칸 님의 징벌을 받아야 한다. 끌고 가라!"

"예!"

리자드맨 수십여 마리가 라크아쓰를 질질 끌고 갔다. 그렇게 자신들의 두목이 잡혀 가는 장면을 네이더들은 모두 지켜보고 있었지만, 그저 숨죽여 웅크려 떨고 있을 뿐이었다.

*   *   *

질질질—

"크아아아! 제발 살려 줘!"

네이더의 동굴을 나선 쿠라켄과 리자드맨들은 라크아쓰를 메르카 숲의 안쪽 검은 안개가 자욱한 곳으로 끌고 갔다.

츠으으으!

방대한 메르카 숲의 외곽에서는 볼 수 없는 이 음침한 안개 지대. 이곳이 바로 메르카 숲의 심처로 불린다.

특별한 결계가 펼쳐져 있어 허락받은 자가 아니면 진입이 불가능한 장소.

이곳은 쉽게 말해 안개로 만들어진 거대한 성(城)과 같은 곳이었다.

따라서 안개로 빙 둘러져 있는 결계의 경계 지역이 성벽과 같은 역할을 했다. 안개 곳곳에 마족 하이칸의 부하들이 진을 치고 지키고 있었다.

그리고 그 안개 지대의 안쪽.

보통이라면 그 안쪽에 더 중요한 방어 거점이 존재해야 하지만, 이곳은 아니었다.

결계의 중앙에 위치한 거대한 나무.

가지마다 신비로운 은빛의 잎사귀들이 가득 달려 있는

그 나무는 다름 아닌 메르카 숲의 이종족 이꼬트들의 수호수(守護樹)인 오후스였다.

즉, 메르카 숲의 심처를 둘러싸고 있는 검은 안개의 결계는 실상 외부로부터의 공격을 방어하기 위함이 아니라, 이꼬트들의 수호수이자 요새인 오후스 나무를 포위하기 위한 목적으로 만들어진 것이다.

메르카 숲 심처를 뒤덮은 짙은 암흑 속에서 유일하게 빛이 존재하는 장소.

바로 오후스 나무의 안전 지대였다.

신비한 미스토스의 힘으로 지탱하는 이 안전 지대로는 사악한 마족이 펼쳐 놓은 검은 안개가 스며들지 못했다.

그로 인해 이꼬트들이 지금껏 무사할 수 있었는데, 안타깝게도 오래도록 그들을 지켜 주던 오후스 나무도 이제 그 한계를 드러내고 말았으니.

"어리석은 이꼬트 놈들! 이제 너희들의 종말이 왔구나. 그따위 나무가 언제까지 너희들을 지켜 줄 수 있으리라 생각했느냐?"

안개의 폭풍이 휘몰아치는 중심에 키가 가히 5로빗은 됨 직한 거대한 덩치의 오우거 하나가 입을 찢어져라 벌리며 웃고 있었다.

그렇다. 그가 바로 현재 메르카 숲의 지배자라 불리는 하이칸이었다.

오우거의 모습을 하고 있지만 그의 정체는 마족!

그는 이꼬트들이 지키고 있는 고대 용자의 유물을 빼앗기 위해 꽤 오래도록 공을 들인 터였다.

'크크크, 드디어 고대 용자의 유물이 내게 들어오는구나. 그것을 빼앗아 마왕 데세오 님께 바치면 그분께서 나의 공을 치하하시겠지.'

바로 이것이었다. 마족인 그에게 있어서 용자의 유물은 아무런 쓸모도 없는 장식품에 불과하지만, 용자를 원수로 여기는 마왕들에게 있어서는 최고의 전리품이자 명예의 상징이다.

그런 전리품들이 많을수록 보다 강한 마왕임을 과시할 수 있으며, 그로 인해 마왕들 간의 서열에서도 상위를 점할 수 있게 된다.

따라서 마왕들은 용자들의 유물을 얻고자 혈안이 되어 있고, 휘하의 마족들은 그런 마왕들에게 환심을 사기 위해 고대 용자의 유물을 가져다 바치려 하는 것이다.

하이칸도 그런 마족 중의 하나다.

"이꼬트들은 들어라. 지금이라도 고대 용자의 유물을 내게 바치면 더 이상 너희들을 괴롭히지 않고 돌아가도록 하지. 그러나 계속 내게 저항한다면 모조리 죽여 버리고 말겠다."

하이칸의 음침한 음성이 거센 바람처럼 휘돌며 오후스 나무를 뒤흔들었다.

드드드드.

후두두둑.

나무의 굵은 가지 도처에 서서 슬픔에 잠겨 있는 이들.

모두 토끼를 연상케 하는 큰 귀에 인간의 얼굴과 몸체를 가진 귀여운 형상을 하고 있었는데, 그들이 바로 이꼬트들이었다.

"아아!"

"흑! 무서워요."

이꼬트들은 두려움이 가득한 표정이었다. 그러다 몇 명의 이꼬트들이 폭풍에 휘말려 오후스 나무 아래로 떨어져 내렸다.

"키키키! 음식이 떨어진다!"

"깔깔깔! 내 거야. 건드리지 마!"

바닥에서 마물들이 기다렸다는 듯 달려들어 이꼬트들을 물어뜯었다.

"아악!"

"으아악!"

그렇게 이꼬트들은 마물들의 입 속으로 자취를 감췄다. 마물들은 이꼬트들의 뼈 하나도 남기지 않고 모조리 씹어 먹었다.

으직으직! 짭짭!

그 모습을 나무 위에서 내려다본 이꼬트들의 안색은 더욱 절망과 두려움으로 물들었다.

"이제 우리도 더 이상은 버티기가 어렵겠어요."

"오후스 나무를 지탱하고 있는 미스토스도 바닥이 났어요. 이대로라면 우린 모두 저 사악한 마족의 입 속으로 들어갈 거예요."

"흐윽! 차라리 그냥 용자의 유물을 줘 버리자고요."

공포에 질린 이꼬트들은 이대로 죽느니 하이칸에게 용자의 유물을 내주자고 외쳤다. 그러나 족장 위그느크는 고개를 흔들었다.

"모르는 소리! 우리가 그것을 내준다 해도 저 사악한 마족은 절대 우리를 살려 주지 않는다."

위그느크는 턱에 긴 수염을 내려뜨린 노인 이꼬트였는데, 족장답게 제법 위엄이 있었다. 또한 그는 다른 이꼬트들과 달리 두려움에 떨지 않았다.

그의 표정은 비장함이 가득했다.

"우리가 지키고 있는 용자의 유물은 반드시 용자에게 전달되어야 한다. 그것이 바로 우리들의 사명! 비록 우리는 이곳에서 죽지만 그 사명은 바로 저 아이들이 지켜 낼 것이다."

그 말과 함께 그는 두 명의 이꼬트를 불렀다.

"아린, 디안! 이리 오너라."

귀엽게 생긴 소년 이꼬트 아린과 소녀 이꼬트 디안.

그들을 바라보는 족장 위그느크의 눈빛은 따스하기 이를
데 없었다.

"아린, 디안! 너희들은 비록 어리지만 매우 뛰어난 주술
사의 자질을 가지고 태어났다. 반드시 살아남아 주술의 실
력을 키우도록 해라."

그러자 아린이 고개를 갸웃했다.

"마족이 포위하고 있는데 살아남을 수 있을까요?"

"내가 마지막 남은 미스토스의 힘을 모아 너희들을 결계
바깥으로 이동시켜 주겠다. 그러나 그곳도 안전하지는 않
을 터, 그때부터는 너희들의 힘으로 어떻게든 살아남아야
한다. 그리고 용자를 찾아라. 그가 어디에 있는지는 모르지
만, 만약 너희들이 그에게 이 유물을 전하면 오후스를 되살
릴 수 있을 것이다."

"알겠어요."

"반드시 그렇게 하겠어요."

아린과 디안은 어린 나이답지 않게 침착했다. 눈물이 쏟
아질 것 같았지만 애써 입을 악문 채 족장 위그느크가 하는
말을 경청했다.

리자드맨 두목 쿠라켄이 라크아쓰를 붙잡아 끌고 온 것은 바로 이때였다.

"로드!"

"무슨 일이냐?"

"믿을 수 없지만 플리게 님이 웬 인간에게 당했다고 합니다. 그리고 이놈은 그 인간에게 목숨을 구걸해 살아남았습니다."

"무엇이? 지금 플리게가 죽었다고 했느냐?"

막 오후스를 향해 최후의 공격을 펼치려던 하이칸은 뜻밖의 보고에 깜짝 놀랐다.

그렇지 않아도 플리게가 하루 정도나 보이지 않아 뭔가 이상하다는 생각은 했지만, 오후스를 공략하는 데 신경을 쓰느라 쿠라켄에게 그 일을 알아보라 지시했던 것이다.

"예, 이 겁쟁이 놈이 그곳에 함께 있었습니다."

쿠라켄은 라크아쓰가 말한 내용을 간략하게 요약해서 보고했다. 하이칸은 잠시 말을 잊은 듯 멍한 표정으로 보고를 듣다가 손을 흔들었다.

"일단 알았다. 너는 그 인간 놈이 누군지 찾아라. 플리게가 당한 걸 보면 보통 놈이 아니니 혹시 발견하면 섣불리 건드리지 말고 그놈의 위치만 알아내도록 해라."

"예, 로드."

쿠라켄은 부하들과 함께 결계 바깥으로 사라졌다.

"제, 제발 살려 주세요, 하이칸 님."

"시끄럽다, 이 쓸모없는 놈! 거기서 쭈그려 있지 말고 네 놈도 당장 뛰어나가 그놈을 찾아라!"

하이칸이 손을 휘젓자 라크아쓰를 묶고 있던 줄이 끊어져 흩어졌다. 라크아쓰는 움찔했다.

"뭘 머뭇거리고 있는 것이냐? 여기서 그냥 죽여 줄까?"

"아, 아닙니다요."

"그 인간 놈이 어디 있는지 찾아라. 네놈이 살길은 그것뿐이다."

"예, 옛! 알겠습니다요."

영락없이 맞아 죽을 줄 알았던 라크아쓰는 그나마 살길이 열렸다는 생각에 안도하며 잽싸게 결계 바깥으로 달려 나갔다.

하이칸은 그런 라크아쓰의 뒷모습을 못마땅한 듯 노려보다가 문득 주먹을 말아 쥐었다.

'플리게가 죽다니 도무지 믿기 힘들군!'

그것도 정체불명의 인간에게 죽었다니 어처구니가 없었다.

본래라면 그가 직접 뛰쳐나가 상황을 파악했겠지만, 지금은 그보다 시급한 일이 있었다.

'오후스 나무가 힘을 회복하기 전에 끝장내야 한다.'

오래도록 이꼬트들의 보호수로 지내 온 오후스 나무의 방어 능력은 절대 무시할 바가 아니었다. 혹시라도 그사이 어떤 식으로든 미스토스가 회복되어 버리면 골치 아파질 것이다.

"뭣들 하느냐! 모두 저 나무를 공격해라!"

곧바로 하이칸은 마물들에게 총공격 명령을 내렸다.

"키키키키!"

"케케켓!"

가히 수천이 넘는 언데드들과 몬스터들이 오후스 나무를 향해 일제히 몰려갔다.

쾅쾅!

팍팍팍!

미스토스의 힘으로 생성되는 무형의 방어막이 사라진 오후스 나무는 마물들의 공격에 무력하게 노출되고 말았다.

찬란하게 어둠을 밝히던 광채가 점점 사라지더니, 결국 나무 전체가 음침한 암흑으로 물들기 시작했다.

그 장면을 이꼬트들은 망연자실한 표정으로 바라봤다. 이미 이렇게 될 것이라 예상했기에 오히려 이 상황을 담담하게 받아들이는 이도 있었다.

심지어 이꼬트족장 위그느크는 아린과 디안을 탈출시키기 위해 오후스 나무에 남아 있던 미량의 미스토스까지 거둬들였을 정도였다.

"지금이다. 가거라!"

그의 앞 공간이 갈라지며 작은 주술진이 생겨났다.

미스토스의 힘으로 만들어 낸 주술진.

그것은 일종의 게이트였다. 단 두 명만 통과가 가능했다.
위그느크가 다급히 외쳤다.

"서둘러라, 아이들아. 이 기회를 놓치면 두 번의 기회는
없단다."

"예, 족장님."

"나는 마족 하이칸과 마물들을 딱 삼 일 동안 묶어 놓을
수 있다. 그때까지 가능한 먼 곳으로 이동해라. 하이칸에게
붙잡히지 말고 반드시 용자를 찾아야 한다."

"반드시 용자를 찾아 유물을 전하겠어요."

"오후스 나무를 꼭 되살리겠어요."

상황이 급박한 터라 아린과 디안은 머뭇거리지 않고 주
술진의 게이트 속으로 사라졌다. 그 순간 주술진은 흔적도
없이 소멸되었고 사방에서 마기의 폭풍이 성난 파도처럼
밀려들었다.

콰콰콰콰—

전방을 바라보는 위그느크의 두 눈이 차갑게 빛났다.

그의 시선은 마기의 폭풍을 몰고 오는 마족 하이칸에 고
정되어 있었다.

"사악한 마족 놈! 머지않아 너의 모든 것은 허망한 연기가 되어 흩어지고 말리라."

"크훗! 망상은 자유겠지. 죽기 전에 그런 식으로 스스로를 위로라도 하겠다면 말리지 않으마."

하이칸이 위그느크 앞으로 번쩍 이동했다.

"두말하지 않겠다, 이꼬트. 내놔라. 용자의 유물만 내게 주면 고통 없이 죽여 주지."

"헛된 욕심을 부리는구나. 그것은 네가 가질 수 없는 물건이다."

"큭큭! 숨기려 해 봤자 소용없음을 모르느냐? 어차피 너희들은 모조리 죽는다. 여기를 뒤지면 어딘가에 그 유물이 있겠지."

"흥! 네 뜻대로는 되지 않을 것이다."

위그느크는 왼손에 들고 있던 완드를 하이칸을 향해 겨눴다.

"사악한 마족 놈아! 이제 이꼬트의 수호수가 펼치는 최후의 공격을 받아 보아라."

완드에서 환한 광채가 발산되었다. 그 광채는 오후스 나무를 중심으로 휘돌며 시커먼 마기를 밀어냈다.

'큭? 오후스에게 아직도 이 정도의 힘이 남아 있었다니.'

하이칸은 담담히 마기를 끌어 올렸다.

"마지막 몸부림이냐? 그래 봤자 소용없는 일. 모조리 돌덩이로 만들어 주마."

쿠콰콰콰콰—

그것이 끝이었다. 하이칸의 가공스러운 마기의 폭풍은 잠시 뻗어 나오던 오후스 나무의 광채를 눈 깜짝할 사이에 소멸시켰다. 오후스 나무는 그대로 굳어 버렸다.

석화의 저주!

오후스 나무뿐 아니라 그곳에 있던 이꼬트들도 그 끔찍한 저주의 폭풍에 휘말렸다. 위그느크는 돌로 변해 가는 자신의 신체를 씁쓸히 바라보며 탄식했다.

'아린, 디안! 너희들에게 너무 무거운 짐을 맡겨서 미안하구나. 그래도 지금 희망은 너희들뿐……'

그의 생각은 다 이어지지 못했다. 그사이 그의 뇌까지 모두 석화되어 시커먼 돌로 변해 버렸기 때문이다.

그사이 주변을 샅샅이 뒤진 하이칸은 인상을 찌푸렸다.

'이상하군. 용자의 유물이 보이지 않는다.'

아무리 찾아도 없자 그는 내심 당황했다. 그러다 근처에서 사라진 주술진 게이트의 흔적을 발견한 그는 크게 분노했다.

"그러고 보니 주술진을 펼쳐 도주한 놈들이 있군. 이런 영악한 놈들 같으니!"

그는 신경질적으로 부하들에게 외쳤다.

"당장 흩어져서 그놈들을 찾아라."

"예, 로드."

그러나 마물들은 결계 바깥으로 나가지 못했다.

"로드, 이상한 일입니다."

"나, 나갈 수 없습니다!"

이에 놀란 하이칸은 무슨 일인가 싶어 결계를 살펴봤다.

그 자신이 막대한 마기를 쏟아 펼쳐 놓은 어둠의 결계!

그런데 지금은 그 결계의 흐름이 이상하게 바뀌어 그로서도 통제가 되지 않았다.

"이게 어찌 된 일이냐? 그러고 보니 그 이꼬트족장 놈이 농간을 부렸군."

하이칸은 마지막으로 오후스 나무가 기이한 광채를 발산했던 것이 바로 이처럼 결계의 흐름을 변동시키기 위함이었음을 깨달았다.

물론 그래 봤자 그것은 일시적인 일일 뿐. 잠시의 시간이 지나면 어둠의 결계는 본래의 상태로 돌아올 것이다.

하지만 대략 삼 일 정도는 꼼짝없이 이 안에 갇혀 있어야 할 판이니 하이칸은 분통이 터져 미칠 지경이었다.

'이대로 그것들을 놓칠 수는 없다.'

다행히 쿠라켄이 이끄는 리자드맨 부대가 어둠의 결계 외곽에서 임무를 수행 중이었다. 그는 어쩔 수 없이 뜻으로 명령을 전했다.

「쿠라켄! 이꼬트 몇 놈이 결계를 빠져나갔다. 나는 지금 나갈 수 없으니 네가 그것들을 반드시 잡아라. 그것들을 놓치면 용서하지 않겠다.」

「예, 로드.」

하이칸의 명령을 받은 리자드맨 두목 쿠라켄은 즉시 부하들에게 그 명령을 하달했다.

"모두 흩어져서 이꼬트들을 찾아라. 개미 새끼 하나도 숲을 빠져나가게 하지 마라."

"예!"

수많은 리자드맨들이 두 눈을 번뜩이며 숲을 샅샅이 뒤지기 시작했다.

*　　　*　　　*

"다녀올게, 릴리아나."

"조심하세요, 로이스 님."

꽃밭을 나서는 로이스를 릴리아나가 배웅했다.

"도시락 챙겨 드시는 것 잊지 마시고요."

"응."

배낭 속 도시락에는 비스킷과 삶은 감자가, 그리고 수통

에는 향긋한 꽃잎차가 들어 있었다. 로이스는 배낭을 등에 걸치고 할버드를 지팡이 삼아 꽃밭을 나왔다.

마당에는 아시엘과 타르파가 밝게 웃으며 서 있었다.

"로이스 님, 드디어 출전이군요!"

"응."

"저희도 준비됐어요."

아시엘의 앞에는 경비 대장 스위니와 용병 다섯 명이 단단히 무장을 한 채로 도열해 있었다. 로이스는 고개를 흔들었다.

"됐어! 나 혼자면 충분해."

같이 가 봤자 거추장스럽기만 하다. 특히나 저들이 위기에 처하면 구해 줘야 하니 로이스에게는 매우 귀찮은 일인 것이다.

"그래도 혼자보다는 여럿이 가는 게 낫지 않겠어요?"

"옆에 있으면 방해만 돼. 가고 싶으면 따로 가든가."

"……."

"공연히 밖에 나와서 녀석들에게 당하지 말고 집이나 지키는 게 어때?"

아시엘은 시무룩한 표정을 지었다.

아무리 그래도 이렇게 직설적으로 말하다니.

하지만 로이스가 스위니나 용병들을 무시해서 그런다기

보다는 이 상황에서 매우 현실적인 지적을 한 것이었다.

로이스의 말대로 공연히 함께 가 봤자 짐만 될 수 있다. 그보다는 유사시 있을지 모르는 적의 습격에 대비해 경비를 서는 것이 더 현명할 것이다.

경비 병력이 있으면 방어 시 소모되는 미스토스의 양이 그만큼 적어지게 되니까.

아시엘은 고개를 끄덕였다.

"알았어요. 그럼 저들은 이곳에 대기시킬게요."

"좋은 생각이야."

아시엘이 걱정스레 로이스를 바라봤다.

"사실 저도 이게 더 나을 거란 생각은 처음부터 했지만, 그래도 로이스 님 혼자 보내는 건 아닌 것 같았어요. 그래서 조금이나마 도움이 되어 드리려 했는데."

로이스가 빙긋 웃었다.

"나 혼자 보내 주는 게 날 도와주는 거야. 그럼 갔다 올게."

"위험한 상황에 처하면 무리하지 말고 바로 돌아오세요."

그러나 로이스는 이미 아시엘의 말을 듣고 있지 않았다. 울타리 문을 여는 순간 바람처럼 숲으로 달려갔기 때문이다.

사사사사—

눈 깜짝할 사이에 숲으로 진입한 로이스는 돌연 우뚝 멈

취 선 채로 눈을 감았다.

'분명 누군가 소리를 지른 것 같은데? 내 착각이었나?'

로이스가 아시엘의 집을 나서자마자 숲으로 달려온 건 바로 그 때문이었다.

"아앗! 가까이 오지 마! 저리 갓! 이 나쁜 놈들아!"

그때 다시 들려오는 외침. 그리고 그에 이어지는 음침한 몬스터들의 웃음소리.

"키키키! 순순히 항복하는 게 어때?"

"크크큭! 반항하면 더 고통스럽게 죽여 버릴 테다."

'저쪽이네?'

로이스는 즉각 소리가 난 곳으로 달려갔다.

휘이익—!

돌풍처럼 내달리는 로이스의 움직임. 나무 사이를 누비는 바람처럼 막힘이 없었다.

레벨이 올라서 빨라진 것도 있지만, 그보다는 로이스에게 숲이 매우 익숙한 이유가 더 컸다. 체란산의 방대한 숲을 누비며 자라 왔으니까.

'저 녀석인가 보군.'

토끼와 같은 긴 귀를 가진 귀여운 소녀. 그리고 그들을 포위한 10여 마리의 리자드맨들이 로이스의 시야에 들어왔다.

"넌 뭐냐?"

"꼼짝 마라!"

로이스가 나타나자 리자드맨들이 창을 겨누고 경계 자세를 취했다. 그런데 로이스는 그런 건 안중에도 없다는 듯 두 눈을 빛내며 걸어갔다.

"토끼의 귀에 사람의 얼굴! 네가 바로 이꼬트로군."

말로만 듣던 이종족을 처음으로 발견한 로이스다. 그의 얼굴에는 소녀 이꼬트가 귀엽다는 듯 짙은 미소가 맺혀 있었다.

"감히! 어딜 오는 거냐?"

"키키키! 뒈져라!"

그러자 두 마리의 리자드맨이 로이스를 향해 창을 휘두르며 달려들었다.

슉! 슉!

매섭게 날아드는 두 자루의 단창. 하나는 로이스의 목을 노렸고, 다른 하나는 옆구리를 노렸다.

쑤엑! 퍽!

"끄아악!"

"쿼엑!"

그런데 나가떨어진 것은 리자드맨들이었다. 그들의 창이 로이스에게 닿기 전에 로이스의 할버드가 그 둘을 동시에 찍어 버렸기 때문이었다.

Chapter 7
부하를 얻다

"으……!"

"크으!"

눈 깜짝할 사이에 두 마리의 리자드맨이 죽었다. 그것도 머리가 박살 난 처참한 모습으로!

그렇다 해도 본래 리자드맨들은 그런 것에는 아랑곳하지 않고 적에게 돌진하는 용맹함을 갖고 있다.

설령 자신들의 팔다리가 떨어져 나간다 해도 기어코 달려가 상대의 살점을 물어뜯고야 마는 집요함.

뿐만 아니다. 적이라 생각되는 존재에게는 그 어떤 자비도 없다. 이미 죽은 시체라 해도 난도질을 해 놓아야 직성이 풀리는 흉포한 몬스터!

그것이 바로 리자드맨들인 것이다.

그러나 그런 그들이 덜덜 떨고 있었다. 두 마리의 리자드
맨들을 단번에 때려죽인 로이스의 눈에서 번뜩이는 시퍼런
안광 때문이었다.

"거기 그냥 딱 서 있어. 움직이는 새끼부터 죽는다. 입도
벌리지 마."

리자드맨들이 움찔하더니 그 자리에서 움직이지 않았다.
숨소리까지 내지 않고 있으니 누가 보면 정교하게 만들어
놓은 리자드맨 동상이 아닌가 싶을 정도였다.

그런 그들을 노려보는 로이스의 눈빛이 싸늘히 빛났다.

저따위 리자드맨들은 수백 마리가 몰려온다 해도 그에게
는 그저 가소로울 뿐이다.

그보다 지금 그의 관심은 다른 곳에 있었다. 곧바로 고개
를 돌려 이꼬트를 바라보는 그의 표정이 다시 해맑게 변했
다.

"대답해 봐. 너 이꼬트 맞아?"

"네."

소녀 이꼬트는 고개를 살짝 끄덕였다. 공포와 두려움에
울먹이면서도 애써 이를 악물고 초조한 눈빛으로 주위를
훑는 모습이 뭔가 애처로워 보였다.

"그럼 됐어."

"네?"

로이스가 됐다고 말하자 소녀 이꼬트는 고개를 갸웃했다. 뭐가 됐다는 건지 알 수 없었기 때문이다. 로이스가 어깨를 으쓱했다.

"넌 살았다는 거지. 난 용자의 부탁으로 이꼬트를 구해 주러 이 숲에 왔거든. 내가 널 구해 줄 테니 염려하지 마."

"아."

용자라는 말에 소녀 이꼬트 디안은 일순 잘못 들었나 싶었다.

"지금 뭐라 하셨죠?"

"내가 널 구해 준다고 했어. 귀는 큰데 잘 안 들리는가 보군."

"아니, 그 말 말고요. 당신이 누구의 부탁으로 절 구해 주러 왔다 하셨죠?"

"용자 아시엘. 나는 그녀의 부탁으로 이꼬트들을 구해 주고 고대 용자의 유물을 얻으러 왔다."

"……"

다시금 로이스의 입에서 용자라는 말이 나왔다. 이번에는 용자의 이름까지도.

'내가 잘못 듣지 않았어.'

디안의 두 눈이 충혈되듯 붉어졌다. 어떻게 하든 용자를 찾아야 했는데, 정말로 막막했던 상황이었는데, 용자가 보낸 이가 자신을 찾아올 줄이야.

"그럼 당신은 용자의 기사인가요?"

"아니. 난 그저 용병이야. 넌 궁금한 것도 많구나."

"용병이요?"

"그래."

"그렇군요."

용자의 기사가 아닌 용병이라는 말에 디안의 표정에는 살짝 실망한 기색이 어렸다. 로이스는 내심 어이가 없었지만 이내 웃으며 물었다.

"근데 너 혼자야? 다른 이꼬트들은 어디 있지?"

"……!"

순간 디안이 흐느끼며 주저앉았다.

"흐윽! 지금쯤 모두 죽었을 거예요. 그리고 아린도 잡혀갔어요."

"무슨 일이 있었는지 내게 말해 봐."

"흐아앙……!"

그러나 디안은 슬픔에 젖어 울기만 했다. 로이스는 디안의 머리를 부드럽게 쓰다듬어 주었다.

"울지 마. 하이칸이라는 마족 놈이 너희들을 괴롭히고

있다는 정도는 들었거든. 내가 그놈을 없애 줄 테니 염려마
라."

"정말 그를 이길 수 있나요?"

"후후, 물론이야. 넌 그저 그놈이 어디에 있는지 내게 얘
기만 해 주면 돼."

로이스의 두 눈이 강렬히 빛났다. 자신감과 투지가 넘치
는 눈빛을 마주한 디안은 알 수 없는 용기가 솟아났다. 그
제야 비로소 입을 열어 그동안 있던 일을 얘기했다.

"그랬었군."

로이스는 모두 듣고 고개를 끄덕였다. 대충 어떤 상황인
지 파악한 것이다.

"그러니까 너희 족장이 마지막 힘을 모아 그 마족 녀석
을 삼 일 동안 가둬 놓았다는 거군? 너와 함께 도망쳤던 아
린이라는 이꼬트는 리자드맨들이 잡아간 거고 말이야."

"맞아요."

디안은 목에 걸고 있는 반달 모양의 펜던트를 어루만지
며 고개를 끄덕였다.

딱 봐도 그 펜던트가 뭔가 범상치 않은 느낌을 주었다.

로이스가 그것을 쳐다보자 디안이 비장한 표정으로 말했
다.

"이건 용자에게 전할 물건이에요. 저와 아린이 각각 반

쪽씩 가지고 있어요. 두 개가 합쳐져야 고대 용자의 유물을 얻을 수 있어요."

"그래?"

로이스의 두 눈이 살짝 가늘어졌다.

'저게 고대 용자의 유물이라고?'

어차피 자신의 손에 들어올 것이었다. 이미 아시엘과 그 렇게 하기로 합의했으니까.

문제는 반쪽뿐이라는 것! 온전한 유물을 얻고 싶으면 아린이 가지고 있는 펜던트의 반쪽도 찾아야 한다.

그때 디안이 눈을 반짝이며 말했다.

"어서 아린을 구해 주세요!"

"그래야지."

로이스는 한쪽에서 여전히 동상처럼 굳어 있는 리자드맨 중 하나를 불렀다.

"너."

"......?"

로이스와 눈이 마주치자 리자드맨이 몸을 떨었다.

"불렀는데 왜 대답이 없지? 죽고 싶으냐?"

"아, 아닙니다."

리자드맨은 입이 찢어져라 크게 외쳤다. 로이스는 싸늘히 웃으며 그를 노려봤다.

"이꼬트 소년 아린이 갇혀 있는 곳으로 날 안내해라."

"거기가 어딘지 모릅니…… 쿠아악!"

리자드맨의 머리가 형체도 없이 사라졌다. 로이스가 대뜸 할버드를 휘둘러 머리를 날려 버린 것이다. 그러고는 다른 리자드맨 하나를 불렀다.

"너."

"끄긱! 저는 그곳이 어딘지 압니다. 안내하겠습니다요."

그 리자드맨은 로이스가 무엇을 원하는지 눈치채고는 재빨리 대답했다. 로이스는 고개를 끄덕였다.

"앞장서라. 다른 놈들도 함께 간다."

"옛!"

리자드맨들은 그 어떤 토도 달지 않고 일사불란하게 지시에 따랐다. 누가 보면 그들이 마치 로이스의 부하가 되기라도 한 것처럼 여길 것이다.

그런데 그때였다.

전방에서 수풀이 흔들리더니 10여 마리의 거대 거미들이 모습을 드러냈다.

다름 아닌 네이더들이었다. 그중에는 로이스에게도 낯익은 녀석이 있었으니.

그는 물론 네이더 두목 라크아쓰였다.

"크, 크헉!"

마족 하이칸의 명령에 의해 숲을 수색하고 있던 라크아쓰는 갑자기 자신이 꿈에도 보기 싫은 존재가 눈앞에 나타나자 기겁했다.

"다, 당신은?"

사실 하이칸이 로이스를 찾으라 말했지만, 라크아쓰는 건성건성 하는 척만 하고 있었다. 로이스와 마주치면 죽는다는 사실을 알고 있었기 때문이다.

그러나 그렇게 될 경우 결국 하이칸에게 맞아 죽게 될 것이다.

이래도 죽고 저래도 죽어야 할 운명.

따라서 라크아쓰는 이 숲을 떠나 도주하기로 결심한 터였다.

어차피 죽을 거면 도망이라도 가 보겠다는 것!

하이칸이 결계에서 나오지 못하는 동안 최대한 멀리 도주하기로 했다.

그렇게 최소한의 부하들만 데리고 막 도주하는 찰나 하필 로이스와 마주치고 만 것이다.

"또 너냐?"

로이스는 라크아쓰를 못마땅한 듯 노려봤다.

"사, 살려 주십시오. 저는 아무 죄도 없습니다요."

라크아쓰는 납작 엎드려 사정했다. 그러자 다른 네이더

들도 라크아쓰를 따라 다리를 구부렸다.

순간 디안이 손가락으로 라크아쓰를 가리키며 외쳤다.

"거짓말이에요. 아린을 잡아간 리자드맨들 주위에 저 네이더들도 있었어요."

"그래?"

로이스의 인상이 험악해졌다. 라크아쓰가 울상을 지었다.

"그건 하이칸 님이 시켜서 어쩔 수 없이 그랬을 뿐입니다. 당신과 관계된 이들인 줄 알았으면 절대 손도 안 댔을 겁니다."

"닥쳐! 넌 이제 그만 죽어야겠다."

로이스는 오늘 라크아쓰를 없애 버리기로 했다.

어차피 살려 둬 봤자 또 인간들을 괴롭힐 수밖에 없다. 라크아쓰의 의지와 상관없이 마족의 부하라는 그의 운명이 그렇게 만들어 갈 테니까.

"제발! 당신의 부하가 될 테니 살려 주세요."

"너같이 허약한 녀석은 필요 없어."

로이스는 부하들을 끌고 다니는 걸 별로 좋아하지 않는다. 매우 귀찮기 때문이다.

그럼에도 불구하고 굳이 부하를 만들겠다면, 당연히 강한 녀석이어야 한다.

'저런 녀석이 부하가 되면 짐 덩어리일 뿐이야.'

즉, 단순히 마족의 부하였거나 모습이 흉측해 보여서가 아니라 약한 것이 못마땅한 것이다.

그러나 사실 라크아쓰가 그리 약한 것은 아니다.

거대 거미 네이더들의 전투력은 리자드맨들에 못지않기 때문이다.

그런 수천 네이더들의 우두머리였던 라크아쓰가 어찌 약하겠는가. 웬만한 오우거나 미노타우루스 같은 초대형 몬스터들도 두려워하지 않는 강력한 숲의 포식자 중의 하나가 바로 라크아쓰다.

그저 로이스에게만 약해 보일 뿐 실상 매우 무서운 괴수인 것이다.

"더 이상 할 말 없지? 그럼 단번에 죽여 주마."

로이스는 라크아쓰의 심장을 향해 할버드를 겨눴다. 다른 곳을 때려 봤자 금세 복원되니 마기의 근원이 있는 심장을 박살 내야 했다.

"자, 잠깐! 매일 멋진 옷을 입고 싶지 않으십니까?"

"뭐? 옷이라고?"

할버드로 막 라크아쓰의 심장을 후려갈기려던 로이스가 돌연 동작을 멈췄다. 그러자 라크아쓰가 다급히 다시 외쳤다.

"제가 비록 약하긴 하지만 옷을 만드는 능력이 있지요. 원하신다면 평생 당신을 위해 옷을 만들어 바치겠습니다요."

"음, 그래?"

다른 건 몰라도 이건 좀 마음에 들었다. 로이스는 남들에게 멋져 보이는 것을 매우 중요하게 생각했기 때문이었다.

'하긴 저 녀석의 옷 만드는 능력은 쓸 만했어.'

라크아쓰가 만든 로브는 비록 일반 등급의 평범한 옷이지만 착용감이 불 타 사라졌던 카센의 로브보다 훨씬 편했다.

마법적 기능은 없지만 옷 본연의 기능만은 최고인 것이다.

그렇게 로이스가 솔깃해하는 표정을 보이자 라크아쓰는 비로소 살았다 생각했는지 자신 있게 외쳤다.

"케켓! 솔직히 이제야 말씀드리지만 지금 입고 계신 옷은 생각보다 그리 멋진 편은 아닙니다. 저는 그보다 훨씬 멋진 모양들을 잘 알고 있습지요. 맡겨만 주시면 최고로 멋진 옷을 만들어 보이겠습니다요."

그 말을 들은 로이스의 입가에 흡족해하는 미소가 피어났다.

"좋아. 넌 이제부터 내 부하다."

강하지는 않아도 매일 멋진 옷을 만들어 준다면 굳이 죽일 필요는 없으리라.

그렇게 네이더의 두목 라크아쓰는 로이스의 부하가 되었다.

*　　　*　　　*

한편 그때 소년 이꼬트 아린은 리자드맨들에게 붙잡혀 쿠라켄 앞으로 끌려갔다.

"쿠라켄 님! 이꼬트를 잡아 왔습니다."

"왜 한 녀석뿐이냐?"

"이놈이 주술을 써서 그만 놓치고 말았습니다."

"주술이라고? 꼬마 녀석이 제법이군."

"하지만 더 이상 수작을 부리진 못할 겁니다."

쿠라켄은 힐끗 아린을 노려봤다. 리자드맨들에게 얼마나 맞았는지 얼굴이 형체를 알아보기 힘들 정도로 부어 있었다.

하지만 그럼에도 두 눈에서 번뜩이는 투지는 죽지 않았다. 씩씩거리며 자신을 노려보는 꼬마 이코트의 모습을 보며 쿠라켄은 사악하게 웃었다.

"……!"

아린은 흠칫 놀라 고개를 숙였다. 리자드맨들의 두목답게 쿠라켄에게서 풍기는 기세는 가히 악마 같았다.

그러나 아린은 알고 있었다.

마족 하이칸에 비하면 쿠라켄은 악마라 할 수도 없다는 사실을.

'난 이제 꼼짝없이 죽겠구나. 디안! 너라도 제발 멀리 도망 가.'

아까 족장 위그느크가 펼쳐 준 주술진의 게이트를 통해 결계를 빠져나온 순간 하필이면 주변에 리자드맨 패거리가 있었다.

아린과 디안은 주술을 펼쳐 리자드맨들을 따돌리려 했지만 집요하게 따라붙는 추적을 물리치기란 불가능했다.

결국 둘 다 붙잡히게 될 위기에 처하자 아린은 주술을 펼쳐 리자드맨들의 이목을 자신에게 돌렸다. 디안이라도 빠져나가게 하기 위함이었다.

그리고 지금 리자드맨들의 소굴로 붙잡혀 온 상황.

그런 아린을 향해 악마처럼 섬뜩한 기운을 풍기는 쿠라켄이 키득거리고 있었다.

"이꼬트 꼬마! 좋은 말로 할 때 고대 용자의 유물이 어디 있는지 말해라."

"난 그런 거 몰라."

아린은 고개를 흔들었다. 무섭지만 절대 말할 수 없는 비밀이었다. 그러자 쿠라켄이 한 손으로 아린의 기다란 두 귀를 꽉 쥔 채 들어 올렸다.

"모른다? 네놈이 정말로 죽고 싶은 거냐?"

"이, 이거 놔."

두 귀를 이렇게 붙잡으면 이꼬트족은 힘을 쓰지 못한다. 아린은 풀 죽은 표정으로 바동거렸다.

"흐음, 아직 어린것답게 살이 야들야들하구만."

쿠라켄이 아린의 볼을 꼬집으며 침을 꿀꺽 삼켰다.

"마지막 기회다, 꼬마. 내가 지금 배가 많이 고픈 상황이야. 네놈 입에서 한 번 더 모른다는 말이 나오면 그땐 콱 잡아먹어 버릴 테다."

최대한 아린을 겁주려는 듯 쿠라켄은 자신이 낼 수 있는 가장 살벌한 표정을 지었다.

"끄윽!"

순간 아린은 공포에 질려 그대로 기절해 버렸다. 제법 당찬 구석이 있지만 아직 어린 이꼬트인 아린이 쿠라켄의 협박을 받아 내기란 불가능했다.

"제기랄!"

쿠라켄은 아린을 바닥에 던졌다. 사실 지금 당장 아린을 잡아먹을 생각은 없었다. 그에 앞서 고대 용자의 보물의 위치를 알아내야 하이칸에게 추궁을 받지 않을 것이기 때문이다.

"저놈을 깨워라."

"예."

리자드맨 하나가 물통을 들고 와 아린에게 물을 쏟았다.

촤악!

그러나 아린은 깨어나지 못했다. 이미 리자드맨 병사들에게 극심한 구타를 당한 데다 쿠라켄의 살벌한 협박까지 받았으니 체력에 한계가 온 것이다.

가히 빈사 직전. 여기서 자칫 더 고통을 주면 죽을 수도 있었다. 쿠라켄은 아린의 상태를 살피고는 어쩔 수 없다는 듯 말했다.

"일단 놈을 가둬 놔라. 하이칸 님이 나오실 때까지는 살려 놔야 한다."

"알겠습니다."

"잠깐! 멈춰 봐. 이 목걸이는 뭐지?"

기절 상태로 질질 끌려가는 아린의 목에 걸린 목걸이를 발견한 쿠라켄은 즉시 그것을 풀어 들었다.

반달 모양의 펜던트.

그것이 뭔지는 알 수 없었지만 왠지 중요한 물건 같았다. 쿠라켄은 미소 지었다.

'혹시 이게 그 용자의 유물일지도 모르겠군.'

잘하면 하이칸에게 칭찬받을 수도 있다는 생각에 쿠라켄은 가슴이 뛰었다.

그런데 바로 그때였다.

"누, 누구냐? 끄아악!"

"캬아악!"

갑자기 요새 입구 쪽이 소란스러워지더니 경비병들의 비명이 울려 퍼지는 게 아닌가?

"저, 적이다. 끄아악!"

"적의 습격이…… 꾸억!"

연이어 들리는 단말마. 쿠라켄은 즉시 그쪽으로 달려갔다.

"감히 어떤 놈이!"

이곳은 메르카 숲 리자드맨들의 요새다. 마족 하이칸 휘하 최강의 부대 중 하나라 할 수 있는 리자드맨 부대의 본진이 있는 곳!

그런 곳에 간 크게 쳐들어오는 존재가 있을 줄이야.

우르르루!

차차착!

잘 훈련된 정예들답게 리자드맨들은 일사불란하게 움직여 적을 포위했다.

단창을 쥔 리자드맨 투창병, 롱보우를 들고 있는 리자드맨 궁수, 검과 방패로 무장한 리자드맨 중갑병, 그리고 시커먼 지팡이를 쥔 리자드맨 주술사들.

그리고 그들의 중심에 거대한 덩치의 리자드맨 두목 쿠라켄이 오연히 서 있었다. 그는 곧바로 나타난 적의 정체를 파악하고는 어이없어하는 표정을 지었다.

"라크아쓰! 네놈이 왜 거기에!"

웬 인간 소년 하나, 그리고 그를 따르는 일단의 무리들. 그중에는 네이더 두목 라크아쓰도 포함되어 있었던 것이다.

"설마 또 비굴하게 삶을 구걸했느냐? 이 겁쟁이 놈 같으니!"

"그, 그게 그러니까……."

쿠라켄의 섬뜩한 눈초리에 라크아쓰는 겁에 질렸는지 눈을 아래로 깔고 몸을 떨었다. 그러자 로이스가 못마땅한 듯 말했다.

"겁먹지 말고 넌 뒤쪽에서 디안을 지키고 있어."

부하라고 하나 있는 녀석이 저렇게 겁쟁이라니. 어디 가서 창피해 말도 못할 것이다.

"예, 마, 맡겨 주십시오."

라크아쓰는 잽싸게 디안을 등에 태우고는 뒤로 물러났

다.

"인간! 너는 뭐하는 놈인데 겁 없이 이곳에 쳐들어왔느냐?"

"좋게 말할 때 아린을 이리 데려와."

"아린?"

"너희들이 잡아간 이꼬트."

"큭! 그러니까 그 이꼬트 꼬마 놈 하나 구하려고 여기에 왔다는 말이냐?"

"그래."

로이스는 당연하다는 듯 고개를 끄덕였다. 순간 쿠라켄은 무척이나 기가 막히면서도 왠지 궁금했다.

저 가소로운 인간 녀석이 대체 무엇 때문에 이토록 무모한 짓을 하는지 말이다.

그러다 그는 문득 라크아쓰에게 들었던 내용을 상기했다. 마족 플라게가 웬 인간에게 죽었다고 하지 않았던가.

"혹시 마족 플라게 님을 죽인 것이 바로 네놈이냐?"

"잘 알고 있군."

로이스는 오연히 웃으며 고개를 끄덕였다. 쿠라켄은 내심 가슴이 철렁했다.

'믿을 수 없다, 어찌 플라게 님이 저따위 인간 놈에게 당했다는 건가.'

쿠라켄이 아무리 리자드맨들의 두목으로서 이 숲의 최강 포식자 중 하나라 하지만, 그래 봤자 마족에게는 미치지 못한다.

마족 플라게와 쿠라켄과는 도저히 넘을 수 없는 장벽 같은 것이 존재하기 때문이다.

따라서 쿠라켄은 한낱 인간 따위가 마족을 쓰러뜨렸다는 것이 도무지 믿기지 않았다.

'저놈의 배후에 뭔가 있는 게 분명해. 일단 잡아서 추궁해 봐야겠군.'

곧바로 그는 부하들을 둘러보며 크게 외쳤다.

"모두 전력을 다해 인간 놈을 공격해라!"

그는 어차피 겁쟁이 라크아쓰는 안중에도 두고 있지 않았다. 로이스만 해치우면 라크아쓰는 금세 다시 무릎을 꿇을 테니까.

"쿠우어어! 공격! 활을 쏴라!"

"키하하하! 창을 던져라!"

리자드맨 주술사들이 빠르게 주문을 외우기 시작했고, 리자드맨 궁수들과 투창병들은 로이스를 향해 사정없이 활과 단창을 집어던졌다.

슈슈슉—

휙! 휘휙!

수백여 발의 화살과 단창들이 한 지점을 노리고 날아들었다. 이대로라면 로이스는 미처 싸워 보기도 전에 고슴도치로 변해 쓰러지고 말 것이다.

그러나 궁수들과 투창병들의 공격이 시작된 순간 로이스는 이미 그 지점에 없었다.

로이스는 훌쩍 도약했다 착지했다. 그가 내려선 지점은 궁수들이 밀집되어 있는 곳.

쒸익!

로이스가 할버드를 수직으로 내리그었다.

퍼걱!

"꾸아악!"

할버드의 반경에 있던 리자드맨 하나의 몸이 그대로 반쪽이 났다. 그러나 할버드는 거기서 멈추지 않고 그대로 내려가 땅을 후려쳤다.

쾅!

순간 지진이라도 난 듯 일대가 흔들렸다.

"크으으악!"

"까아악!"

십여 마리 정도 되는 리자드맨들의 몸체가 알 수 없는 충격파에 의해 부서져 내렸다.

이에 기겁해 흩어지는 리자드맨 궁수들을 향해 이번에는

수평으로 할버드를 휘둘렀다.

쒸익!

순간 할버드의 날에서 붉은빛의 오러 같은 것이 전방으로 쏘아져 나가며 십여 마리의 리자드맨들을 동강 내 버렸다.

"끄아악!"

"쿠억!"

이에 놀란 것은 리자드맨들뿐이 아니었다. 로이스는 방금 전 그냥 울프 슬래시를 펼친 것뿐이었는데, 생각보다 훨씬 강력한 위력이 나타나자 두 눈을 휘둥그레 떴다.

'어떻게 된 거지? 위력이 엄청 강해졌네. 그 구슬 때문인가?'

그렇다. 이는 할버드에 부착한 파괴의 마력석 때문이었다.

그로 인해 이 할버드의 이름도 어둠의 미늘창에서 파괴의 미늘창으로 바뀌었는데, 확실히 그 이름이 무색하지 않았다.

"후후, 그럼 어디 다시 한번 펼쳐 볼까? 울프 슬래시! 울프 슬래시! 울프 슬래시!"

늑대들을 해치우며 생겨난 할버드 기술! 그것이 파괴의 미늘창을 통해 발현되자 리자드맨들에게는 대재앙이 엄습했다.

쾅쾅! 쒸이이익! 스파파팟—

땅이 흔들리고 일대의 가이드 타워를 비롯한 방어 시설들이 무너져 내렸다.

"크으으! 저, 저게 뭐냐?"

"피, 피해라!"

반격은 꿈도 꾸지 못했다. 로이스가 달려가면 리자드맨들은 기겁하여 흩어지기 바빴다.

그렇게 리자드맨 궁수 부대와 투창 부대가 순식간에 궤멸되어 버리는 장면을 쿠라켄은 넋을 잃은 듯 멍하니 쳐다봤다.

워낙 짧은 순간에 일어난 일이기도 했고, 또한 도저히 말도 안 될 만큼 황당한 장면이 펼쳐진 터라, 쿠라켄은 이게 꿈인가 싶었다.

'저럴 수가! 인간이 어찌 저런 무서운 능력을!'

그는 등골이 서늘해졌다. 비로소 라크아쓰가 했던 말이 절대 과장이 아니었음을 깨달았다.

이대로라면 그 자신도 저 무식한 할버드의 공격 아래 처참한 고깃덩이가 되어 죽고 말 것이다. 쿠라켄은 자신이 나선다 해도 로이스를 당해 낼 수 없음을 알고는 재빨리 주머니에서 스크롤을 꺼내 들었다.

'하이칸 님은 도저히 내가 어찌할 수 없는 상대가 나타나면 이것을 쓰라고 했다.'

마족 하이칸의 특별한 마법이 깃든 스크롤!

이것은 대상을 일시적으로 어둠의 함정에 가둬 버릴 수 있었다.

쿠라켄은 머뭇거리지 않고 그 스크롤을 찢었다.

쫘아악!

순간 스크롤이 가루로 변해 흩어졌다.

동시에 주변의 공간에 강한 진동이 일어나더니 시커먼 폭풍이 생겨났다.

번쩍! 휘이이이!

그 폭풍에 근처의 리자드맨들이 무력하게 빨려 들어갔다.

"살려 줘! 끄아아악!"

"이, 이게 뭐냐?"

쿠라켄은 그 전에 미리 멀리 피해 버려 봉변을 피했지만, 그사이 수십여 마리의 리자드맨들이 알 수 없는 어둠의 공간으로 사라져 버렸다.

휘이이이이!

흑색의 폭풍은 점점 더 강해졌다. 쿠라켄은 두려움이 가득한 눈빛으로 그 폭풍을 향해 외쳤다.

"모든 걸 구속하는 어둠의 빛이여! 당신께 거역하는 저 건방진 인간 놈을 징벌하소서!"

그 말이 끝나는 순간 어둠의 폭풍이 로이스를 향해 휘몰아쳤다. 로이스는 순식간에 어둠 속에 파묻혀 버렸다.

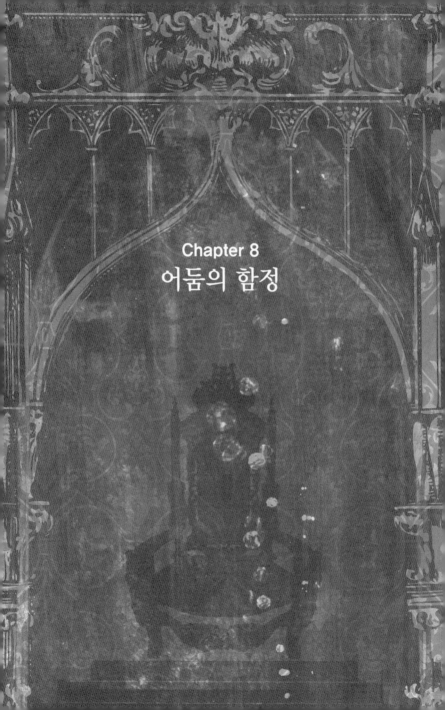

Chapter 8
어둠의 함정

"이게 뭐지?"

할버드를 마구 휘둘러 보았지만 소용없었다. 로이스는 자신이 알 수 없는 어둠의 공간 속에 갇혀 있음을 깨달았다.

어둑하지만 이상하게 시야는 트여 있는 공간.

안에는 먼저 이곳으로 빨려 들어온 리자드맨들이 우글거리고 있었다. 그것들은 로이스를 보자 기겁하며 도주했지만 로이스는 대뜸 달려가 모조리 해치워 버렸다.

[당신은 어둠의 함정에 갇혔습니다. 이곳을 빠져

나가려면 함정을 이루고 있는 마기의 장벽을 제거
해야 합니다.]

　　[마기의 장벽 내구도 1000/1000]

그사이 로이스의 시야에 나타난 글자들.

이는 물론 군주의 목걸이가 알려 주는 내용이었다.

"여기가 어둠의 함정이라는 곳인가 보네. 마기의 장벽을
제거하면 나갈 수 있는 건가?"

군주의 목걸이가 이런 것도 알려 주니 아주 편했다. 로이
스는 할버드로 결계의 벽을 세차게 후려쳤다.

쾅!

　　[마기의 장벽 내구도 998/1000]

한 대 치니 장벽의 내구도가 2 깎였다. 이런 식이면 무려
500번을 쳐야 장벽을 박살 낼 수 있을 것이다.

"날 이런 괴상한 곳에 가두다니! 용서 못 해!"

분노한 로이스의 할버드가 어둠의 장벽을 미친 듯이 가
격했다.

쾅쾅! 콰콰콰쾅—

그렇게 로이스가 장벽을 부수고 있는 사이 쿠라켄은 득

의의 미소를 흘리며 라크아쓰를 노려봤다.

"이제 네놈을 보호해 주던 인간 놈은 사라졌다. 이 배신자 놈! 순순히 그 이꼬트를 내게 넘겨주면 고통 없이 죽여주겠다."

"닥쳐라! 내가 순순히 당할 것 같으냐?"

라크아쓰는 이제 자신이 로이스의 부하가 된 것을 들킨이상 목숨을 구걸해도 소용이 없음을 알았다.

차라리 쿠라켄을 쓰러뜨리고 도주하는 것이 살 가능성이높다는 것도 말이다.

하지만 예전의 라크아쓰였다면 설령 그렇다 해도 이 상황에서 살려 달라고 빌었을 것이다.

그러나 로이스의 부하가 된 지금은 뭔가 달라졌다.

여전히 겁이 많은 건 맞다. 그런데 신기하게도 지금은 쿠라켄에 대한 분노가 투지로 바뀌며 두려움도 사라지기 시작했다.

그것이 사실 미스토스 기사인 로이스의 부하가 되어 생겨난 사기 상승 능력 때문임을 라크아쓰는 아직 알지 못했지만, 뭔가 자신이 달라졌다는 느낌은 받았다.

'우리 네이더들의 숫자가 더 많아. 내가 저놈들에게 밀릴 이유가 없지.'

그동안 리자드맨들보다 몇 배 많은 숫자임에도 네이더들

은 항상 리자드맨들에게 당하고 살았다. 하이칸의 부하들 중 네이더들은 리자드맨들보다 하위 서열에 위치했으며, 항상 갖은 잡스럽고 궂은일은 도맡아 했다.

이는 모두 라크아쓰가 겁이 많았기 때문이었다. 물론 두목이 이럴 정도니 다른 네이더들은 말할 필요가 없다. 모두들 리자드맨들과 싸우느니 그냥 그들의 말에 복종하자는 주의였던 것이다.

그런 라크아쓰가 포효를 날렸다.

(모두 모여라!)

이는 네이더 특유의 통신법.

음성이 아닌 신호로 뜻을 전하는 것으로 그 반경이 제법 넓었다.

스스스. 스스스스.

어느새 주변으로 네이더들이 몰려들었다.

숲에 흩어져 있던 네이더들. 그러자 쿠라켄이 흠칫했다. 그 역시 네이더들이 겁이 많긴 하지만 작정하고 싸우자고 들면 리자드맨들 못지않다는 사실을 알고 있기 때문이다.

그사이에도 네이더들은 계속 모여들었다.

(대장! 저희들이 왔습니다!)

라크아쓰가 눈을 번뜩이며 부하들을 쓸어 봤다.

(모두 들어라! 전쟁이다. 리자드맨 놈들을 쓸어버린

다.)

그러자 네이더들은 움찔 놀랐다.

(리자드맨들과 싸우자고요?)

(미, 미쳤습니까요? 그러다 우리 다 죽습니다.)

몰려들었던 네이더들 중 상당수가 은근슬쩍 뒷걸음질 치
더니 어디론가 사라져 버렸다. 라크아쓰는 이미 예상했던
일이라 놀라지 않았다.

그래도 아직 남아 있는 부하들이 있다. 수천여 마리의 네
이더들 중 고작 삼백여 마리만 남아 있지만 말이다. 그 중
의 하나가 라크아쓰를 향해 물었다.

(정말로 저놈들과 싸울 생각입니까요, 대장?)

(언제까지 우리가 리자드맨 놈들에게 당하고 살겠느
냐? 싸워서 저놈들보다 우리가 강하다는 것을 증명하도
록 하자.)

(예, 대장!)

(케케! 예전부터 저 리자드맨 놈들이 마음에 안 들었지
요!)

삼백여 마리의 네이더들이 투지를 불태우는 모습을 본
쿠라켄이 비릿하게 웃었다.

"쿠카카카캇! 겁쟁이 놈들이 오늘 단체로 미쳤나 보구
나. 뭣들 하느냐? 저놈들을 모조리 죽여라!"

"쿠아아아아!"

"캬캬캬캭!"

리자드맨들이 함성을 지르며 달려왔다. 그들을 두렵게 했던 로이스가 사라지자 다시금 리자드맨 특유의 호전적인 기질이 발동되었던 것이다.

"키킥! 네이더들 따위가 어디서 덤벼?"

"그렇지 않아도 꼴 보기 싫었는데 오늘 다 죽여 주겠다!"

곧바로 리자드맨들과 네이더들의 전투가 시작됐다.

그런데 의기양양하게 전투에 임했던 네이더들은 얼마 되지 않아 밀리기 시작했다.

이는 무작위로 덤벼드는 네이더들과 달리 리자드맨들은 전술적으로 움직이기 때문이었다.

리자드맨 궁수 부대와 투창 부대가 로이스에 의해 궤멸되긴 했지만 중갑병들과 장창병, 그리고 소수의 주술사들이 남았다.

장창병들이 중갑병들 사이에서 기다란 창으로 네이더들을 찔렀다. 중갑병들은 커다란 방패로 네이더들의 공격을 쳐 내며 전진!

그리고 비록 소수지만 주술사들이 네이더들의 시야까지 어둡게 만들어 버렸다. 이꼬트 주술사인 디안이 다급히 주문을 외워 네이더들의 시야를 확보해 주었지만 십여 마리나 되는 리자드맨 주술사의 공격을 그녀 혼자서 감당하기란 벅찬 일이었다.

"키키키! 별것도 아닌 것들이 감히!"

"킬킬! 모조리 죽여 버려!"

결국 네이더들이 밀리기 시작하더니 금세 반수 이상이 리자드맨들의 창에 죽임을 당했다. 거기에 놀란 일부 네이더들의 이탈까지 이어지며 이제 라크아쓰를 제외하면 불과 십여 마리의 네이더들만 남아 있는 상태였다.

특히 라크아쓰의 상태는 처참했다.

마족 하이칸을 배신하고 로이스의 부하가 된 순간부터 그의 몸을 무한 복원시켜 주던 마기의 흐름이 사라져 버렸기 때문이다.

그러다 보니 현재 라크아쓰의 커다란 몸체는 쿠라켄이 휘두른 창에 맞아 만신창이가 되고 말았다. 그의 다리가 세 개나 부러졌고, 몸체 대부분이 깨지고 움푹 들어간 터라 도무지 성한 곳이 없었다. 쿠라켄이 조소를 흘렸다.

"큭! 건방진 놈! 그 꼴이 될 줄 모르고 감히 내게 덤볐느냐?"

"닥치고 어서 죽여라!"

라크아쓰는 신음을 토하듯 외쳤다. 어차피 이제 살아날 가능성은 없다. 죽어야 한다면 비굴하게 사정하다 죽느니 당당하게 죽는 거다.

그런 라크아쓰의 태도에 쿠라켄이 고개를 갸웃했다.

"네놈 뭐 잘못 먹었느냐?"

살려 달라고 빌고 또 빌 거라 생각했던 녀석이 그냥 죽이라고 당당하게 말할 줄이야. 대체 무엇이 라크아쓰를 이렇게 변하게 만들었는지 궁금하지 않을 수 없었다.

순간 라크아쓰가 히죽 웃었다. 사실 그 역시 이 상황에 무척이나 놀란 상태였다. 왠지 이대로 죽는다 해도 통쾌할 것 같았다.

"크크크, 비록 나는 이 자리에서 죽지만 너 역시 로이스님께 죽게 될 거다. 그분은 마족도 죽이는 분이거든."

단신으로 리자드맨 궁수 부대와 투창 부대를 궤멸시켜 버린 불가사의한 전투력의 소유자! 아까 그 장면을 뒤에서 목격한 순간 라크아쓰는 전신을 강타하는 전율을 맛보았다.

절대무적의 전신!

라크아쓰가 볼 때 로이스는 무적 그 자체였다. 그런 엄청난 존재가 자신의 주인이라 생각하자 알 수 없는 전율과 희열이 느껴졌던 것이다.

그리고 바로 그 때문에 예전에는 상상도 못했던 지금과 같은 용기를 가지게 되었다.

곧바로 라크아쓰는 쿠라켄을 노려보며 외쳤다.

"쿠라켄! 네놈이 날 죽일 수는 있어도 날 굴복시킬 수는 없다!"

그러자 쿠라켄이 잠시 어처구니없어하는 표정으로 라크아쓰를 노려보다 이내 키득 조소하며 말했다.

"미친놈! 무슨 헛소리를 지껄이는 거냐? 네놈이 그렇게 죽기를 원하면 최대한 고통스럽게 죽여 주마."

창을 번쩍 든 쿠라켄의 두 홍채가 붉게 번뜩였다. 곧바로 그 창을 라크아쓰의 심장에 박아 넣으려는 찰나.

콰아앙!

갑자기 거대한 폭음과 함께 주변 공간이 무너져 내릴 듯 세차게 흔들렸다. 흠칫 놀라 고개를 돌려 그쪽을 바라본 쿠라켄의 두 눈이 경악으로 물들었다.

'저, 저놈은?'

공간의 깨진 틈새 같은 곳에서 시커먼 구름 같은 빛이 폭풍처럼 쏟아져 나왔다. 이내 그 틈새는 점점 벌어지기 시작하더니 귀를 찢는 폭음이 다시 이어졌다.

쿠콰쾅! 콰아아앙!

그리고 끝이었다. 어느새 흑색의 폭풍은 흔적도 없이 사라져 버렸고 그 자리에는 할버드를 쥐고 있는 로이스가 매우 분노한 표정으로 서 있었다.

"날 그런 괴상한 공간에 잘도 가뒀구나, 리자드맨!"

"말도 안 돼! 어, 어떻게 거길 빠져나왔느냐?"

"너 따위 녀석에게 그런 걸 일일이 설명해 줄 이유가 있을까? 귀찮으니 그냥 죽어라."

로이스는 쿠라켄이 또 쓸데없는 수작을 부릴지도 모른다는 생각에 그대로 달려왔다.

"모두 저놈을 공격해라!"

이에 기겁한 쿠라켄이 뒤로 피하며 다급히 명령을 내렸다. 그러자 리자드맨 중갑병들과 장창병들이 우르르 몰려와 로이스의 앞을 막았다.

콰앙!

순간 로이스가 휘두른 할버드가 중갑병들 일부를 방패와 함께 날려 버렸다.

"끄아아악!"

"케에엑!"

어둠의 함정 결계에 갇혀 있다 빠져나온 로이스는 극도로 분노한 상태다. 그러다 보니 아까보다 더욱 인정사정 봐주지 않고 전력을 다해 할버드를 휘두르기 시작했다.

쾅! 콰쾅!

마족의 힘이 깃든 파괴의 미늘창 앞에 리자드맨들은 무력했다. 눈 깜짝할 사이에 중갑병들과 장창병들이 처참하게 죽임을 당했다.

"크, 크아! 피해라!"

"도망가라!"

공포에 질린 리자드맨들이 요새를 버리고 사방으로 달아났다. 지금 같은 상태라면 마족 하이칸이 나타나 직접 명령을 내린다 해도 듣지 않고 도주할 것이다.

"제기랄! 어디서 저런 녀석이!"

쿠라켄 역시 역부족이라는 생각에 재빨리 도주하려 했다. 그러나 그것은 그의 바람이었을 뿐. 그가 막 도망가려고 몸을 돌리는 그 찰나.

퍼억—

번개처럼 날아든 초승달 형상의 도끼날이 쿠라켄의 머리를 박살 내 버렸다.

퍼억!

머리가 사라진 몸체를 향해 로이스의 할버드가 한 번 더 작렬했다.

마족 하이칸이 주입한 마기가 모여 있는 심장!

그곳을 부수지 않으면 쿠라켄이 아무리 처참한 지경에 처한다 해도 죽지 않고 살아남게 된다. 그것도 상처 나거나 부서진 모든 부분이 완벽하게 재생된 상태로 말이다.

이미 그 같은 사실을 알고 있는 로이스는 망설이지 않고 쿠라켄의 심장을 박살 내 버렸다.

파스스스.

힘의 근원이 흩어져 버리자 쿠라켄의 조각난 몸체들 역시 먼지로 변해 사라졌다.

[미스토스의 은총이 당신의 노력에 대한 보상을 줍니다.]
[당신의 레벨이 올랐습니다.]
[전투력이 상승했습니다.]
[최대 맷집과 최대 미흐가 증가합니다.]

이름 [로이스]
레벨 [33]
칭호 [리자드맨 학살자]
신분 [미스토스 기사]
맷집 4180/4180
미흐 3620/3620

'레벨이 올랐네.'

비록 1단계지만 레벨이 올랐다. 게다가 칭호도 바뀌었다.

본래는 오보츠 숲의 포식자였는데, 지금 보니 리자드맨
학살자였다.

　　[수많은 리자드맨들을 도살한 리자드맨 학살자
　　여! 그대는 이제 리자드맨들에게 무한한 두려움을
　　줄 것입니다.]
　　[전투력이 약한 리자드맨들은 그대를 보자마자
　　엎드려 굴복할 것입니다.]

　　＊리자드맨 학살자
　　─칭호 등급 : 희귀
　　─장창류의 무기를 장착 시 공격력이 증가함
　　─숲의 이동 속도 증가
　　─포식자의 위압 2단계.

이어서 리자드맨 학살자에 대한 설명도 보여 줬다. 로이
스는 그것을 대충 훑어보고는 이내 관심없다는 듯 고개를
돌려 라크아쓰를 쳐다봤다.

"많이 다쳤네."

"케켓! 괜찮습니다, 로드."

라크아쓰는 씩씩하게 대답했다. 눈알의 대부분이 손상되

어 로이스의 모습이 잘 보이진 않았지만 그래도 상황이 어떻게 됐는지는 다 알고 있어 감개무량했다.

"로드의 명령대로 이꼬트를 지켰습니다."

라크아쓰는 로이스를 로드라 불렀다. 그냥 살기 위해서 비굴하게 아부를 떠는 것이 아니라 그의 진심이 깃든 음성이었다. 디안이 눈물을 흘리며 말했다.

"맞아요. 저 라크아쓰 아저씨가 저를 끝까지 지켜 주셨어요."

아저씨라는 말에 라크아쓰의 입가에 흐뭇한 미소가 맺혔다. 이꼬트에게 그와 같은 소리를 듣는 것이 어색하긴 했지만 왠지 나쁜 기분은 아니었던 것이다.

로이스가 고개를 끄덕였다.

"수고했어, 라크아쓰."

라크아쓰는 처참한 꼴을 하면서도 디안은 지켜 냈다. 확실히 그것은 칭찬받을 만한 일이었다. 로이스는 디안을 향해 말했다.

"디안, 아린을 찾아봐."

"네."

리자드맨들은 모두 달아나 버린 상태라 요새는 텅 비어 있었다. 디안은 감옥 안에 갇힌 채 쓰러져 있는 아린을 발견했다.

"아린! 아, 아린이 여기 있어요. 아린! 정신 차려!"

디안이 주술을 펼치자 아린은 의식을 회복했다. 라크아쓰 못지않게 처참한 지경의 아린을 보며 디안은 눈물을 훌쩍였다.

"흑! 날 구하려고 네가 잡히다니. 이 바보야."

"난 괜찮아. 그보다 목걸이를……."

눈을 뜬 아린은 뜻밖의 상황에 잠시 멍한 표정을 지었다. 그러다 자신의 목에서 목걸이가 사라진 것을 알고는 울상을 지었다.

"목걸이라면 염려 마. 여기 있으니까."

그때 로이스가 반달 모양의 펜던트가 달린 목걸이를 들고 왔다. 그것은 쿠라켄이 먼지로 변해 죽는 순간에도 부서지지 않고 바닥에 떨어진 물건이었다.

"아아! 감사해요!"

디안과 아린이 뛸 듯이 기뻐했다. 로이스는 목걸이를 아린에게 돌려주었다. 마음 같아서는 두 펜던트를 합쳐서 직접 착용해 보고 싶었지만 어차피 자신이 받기로 약속된 거라 서두를 필요 없었다.

그보다 이제 오늘은 그만 돌아가는 게 좋을 듯했다.

하이칸이 결계 안에서 나오려면 아직 이틀이 있어야 한다. 그때까지 이곳에서 대기하고 있을 수는 없는 일. 그동안 두 이꼬트는 용자의 집에서 쉬게 하는 것이 현명한 일이었다.

"일단 오늘은 돌아간다. 너희들도 나를 따라와."

로이스는 두 이꼬트를 양쪽 어깨에 하나씩 태우고는 아시엘의 집 쪽으로 향했다. 그 뒤를 라크아쓰와 12마리의 네이더들이 힘겹게 따라갔다.

*　　　*　　　*

"오! 로이스 님이 돌아오십니다."

한편 초조하게 로이스를 기다리고 있던 아시엘은 경비병들이 환호하며 외치는 소리에 문 앞으로 달려 나갔다.

"아! 로이스 님!"

"무사하셨군요!"

스위니와 타르파도 문 앞으로 마중 나왔다. 그러다 그들은 로이스의 양쪽 어깨에 하나씩 앉아 있는 귀여운 존재들을 발견했다.

토끼의 귀를 가진 소년과 소녀.

키가 아주 작다는 것, 그리고 토끼의 기다란 귀를 가지고 있다는 것.

그 두 가지만 제외하면 보통의 인간 소년, 소녀와 다를 바 없는 모습이다.

그러나 그 두 가지 다른 점으로 인해 그들이 인간이 아닌 다른 존재임을 알 수 있었다.

"혹시 저 아이들이?"

"와! 너무 귀여워요."

"네. 저들이 바로 이꼬트가 틀림없습니다!"

타르파가 아는 척을 했다. 그러다 그는 로이스의 뒤쪽에 거대한 거미들이 쫓아오는 것을 보고 움찔 놀랐다.

"헉! 네이더들이!"

"거미들이 쫓아오고 있어요."

스위니도 바짝 긴장한 기색이었다. 그런데 유심히 보니 쫓아오는 것이 아니라 공손히 뒤따르고 있는 것이었다.

"어떻게 된 걸까요?"

"로이스 님이 포로로 잡은 건지도 몰라요."

그렇게 아시엘 등은 로이스와 이꼬트들을 보면서 반가워하면서도 동시에 거대 거미 네이더들을 보며 불안함을 감추지 못했다.

그사이 로이스가 문 앞에 도착했다. 그는 어깨 위에 있던 아린과 디안을 바닥에 내려놓으며 아시엘을 소개했다.

"아린, 디안! 저기 있는 소녀가 너희들이 그토록 찾던 용자 아시엘이다."

"아! 당신이?"

"정말 당신이 용자이신가요?"

아시엘을 바라보는 아린과 디안의 두 눈에 눈물이 그렁그렁 고였다.

순간 아시엘은 심장이 쿵 내려앉는 듯했다.

처음 보는 두 이꼬트 소년, 소녀의 눈빛에서 이루 형언할 수 없는 감정들이 느껴졌기 때문이다.

기쁨과 슬픔, 서러움, 절망, 심지어 회한까지.

어째서 저 어린아이들의 눈빛에서 저토록 복합적인 감정들이 느껴지는 것일까?

그것은 단순히 아린과 디안의 감정이 아니라 이꼬트족 전체의 감정이었다.

오래도록 용자를 기다리며 고대 용자의 유물을 지켜 왔던 이꼬트족.

아린과 디안은 그들 중 마지막 남은 생존자로 드디어 용자를 만나 오랜 종족의 염원이자 숙원을 달성하게 된 것이다.

물론 그렇다 해도 아린과 디안이 그 모든 감정을 눈빛에 담아내 아시엘을 바라본 것은 아니었다.

아시엘이 용자 특유의 직감으로 그와 같은 깊은 감정을 느꼈을 뿐이다.

"그래. 내가 용자 아시엘이야. 여기까지 오느라 얼마나 고생이 많았니?"

그녀는 허리를 숙여 아린과 디안을 부드럽게 안아 주었다.

그러자 아린이 손등으로 눈물을 닦고는 씩씩하게 웃었다.

"헤헤, 고생은요. 여기 이걸 받으세요."

"이것도요."

아린과 디안은 각각의 목에 걸고 있던 펜던트를 아시엘에게 내밀었다.

드디어 종족의 숙원을 풀게 되었다는 것에 두 이꼬트 소년 소녀의 얼굴에는 환한 미소가 피어나 있었다.

"그럼 이게 바로?"

아시엘은 양손에 반달 모양의 펜던트를 하나씩 받아 쥐고 감개무량한 표정을 지었다. 아린과 디안이 고개를 끄덕였다.

"네. 고대 용자의 유물이에요."

"오직 용자만이 그것을 합칠 수 있고 그때 유물의 실체가 드러난다고 했어요."

"그렇구나."

아시엘은 두 펜던트를 조심스레 붙여 보았다.

화아악—

순간 눈부신 광채가 폭풍처럼 일어나더니 펜던트가 하나로 합쳐졌다.

츠츠츠.

펜던트는 더욱 환하게 빛났다. 신비로운 보라색의 광채!

그 광채가 점차 펜던트를 중심으로 휘돌더니 멋들어진 망토의 형상으로 화했다.

보기만 해도 위엄이 느껴지는 신비한 자줏빛의 망토!

"아, 이것이 바로 고대 용자의 유물?"

아시엘의 심장이 뛰었다. 용자로서 그녀는 지금껏 너무도 무력한 상태였다. 그러나 이제 고대 용자의 유물인 이 망토를 장착하게 되면 이전과 달리 용자로서의 능력을 발휘할 수 있게 될 것이다.

그런데 바로 그때였다.

스윽.

로이스가 불쑥 손을 내밀며 말했다.

"그거 이리 내놔."

"네?"

아시엘이 움찔 놀랐다. 로이스가 짐짓 험상궂은 표정을 지었다.

"뭘 그리 놀라는 거지? 고대 용자의 유물은 내가 가지기로 했는데 말이야."

"맞아요. 약속했어요."

아시엘은 비로소 그 약속을 떠올리고는 풀 죽은 표정을 지었다. 로이스는 득의만만한 미소를 지었다.

"그럼 어서 내놔."

"네."

아시엘은 망토를 로이스에게 건넸다.

"후후후. 드디어 이게 내게 들어왔군."

로이스는 망토를 뚫어져라 노려봤다. 그리고 심호흡을 한 번 크게 했다.

'이걸 내가 장착할 수 있으면 내가 용자라는 뜻이야. 후후, 손에도 쥘 수 있는 걸 보면 어깨에 걸치는 것쯤이야 어렵지 않겠지. 그럼 그렇지. 내가 용자가 아니라니 말이 되는 소리야?'

바로 그 순간이었다.

[용자의 팔루다멘툼을 얻었습니다.]

* 용자의 팔루다멘툼

—등급 : 신화

—고대 용자가 후대의 용자를 위해 미스토스의

힘으로 제조한 망토

　─장착 시 용자의 오러를 펼쳐 아군의 소모된 사
기와 체력, 마나, 미흐 등을 회복시킬 수 있음

　─장착 시 용자의 명성 1000 증가함

　─장착 시 용자가 가진 태생적 저주나 한계가 사
라짐

　─오직 용자만 장착 가능

"오! 이건?"

로이스의 두 눈이 휘둥그레 커졌다.

용자의 팔루다멘툼!

이 망토의 이름이었다. 뭔가 이름도 그럴싸할 뿐만 아니
라 그에 못지않은 특별한 능력들도 존재했다.

그러나 사실 로이스에게 그런 능력들은 그다지 중요하지
않았다.

그보다는 망토의 외양이 너무 신비롭고 멋지다는 게 중
요했다.

'후후, 이걸 차면 내가 용자라는 게 증명된다 이거지?'

멋들어진 용자의 모습을 상상하며 로이스는 망토를 어깨
에 둘러멨다.

그러나 그 순간.

[장착할 수 없습니다.]
[용자의 팔루다멘튬은 오직 용자만 장착이 가능
합니다.]

"윽! 젠장!"
드디어 올 것이 오고 말았다. 설마 했지만 장착이 불가능
할 줄이야.
혹시 뭔가 잘못된 것이 있나 싶어 몇 번이고 망토를 두르
려 했지만 소용없었다.

[장착할 수 없습니다.]
[장착할 수 없습니다.]

계속 이 글자들만 나타났다. 그러다 급기야.

[용자의 팔루다멘튬은 용자의 물건입니다. 어서
속히 당신과 계약한 용자에게 망토를 돌려주십시
오.]

이런 말까지 나왔다. 로이스는 맥 빠진 표정으로 털썩 주

저앉았다.

"왜, 왜! 어째서? 왜 난 아닌 거야?"

릴리아나가 아니라고 했고, 꿈속에 나타났던 미스토스 군주 레카온도 로이스는 용자가 아니라고 했다. 그렇다 해도 그것을 인정할 수 없었는데 이제 로이스도 자신이 용자가 아니라는 사실을 인정하지 않을 수 없었다.

Chapter 9
용자의 팔루다멘툼

"로이스 님……."

그때 아시엘이 뭔가 기대 어린 눈빛으로 로이스를 쳐다 봤다. 로이스는 한숨을 푹 내쉬고는 망토를 내밀었다.

"가져가."

이 또한 약속했던 바다. 물론 무조건 준다고 약속한 건 아 니고 그냥 줄 수도 있다고 말하긴 했지만, 스스로 자신이 용 자가 아닌 걸 알게 된 이상 그것에 집착하고 싶지는 않았다.

"아!"

아시엘은 로이스가 이토록 쉽게 망토를 돌려줄 거라고는 예상 못 했는지 깜짝 놀라는 표정이었다. 그녀는 곧바로 그것을 받아 들고는 눈물을 글썽였다.

"고마워요. 이건 제게 정말 필요한 물건이에요."

"고맙긴. 내게는 필요 없는 물건이라서 주는 거야."

로이스는 시무룩한 표정으로 꽃밭을 향해 걸어갔다. 그러자 타르파가 다급히 외쳤다.

"잠깐, 로이스 님! 저 네이더들은 어찌 된 겁니까?"

집사인 타르파는 문 앞에서 눈치를 보고 있는 거대 거미 네이더들을 어떻게 처리해야 할지 고민이었던 것이다. 그러나 이미 로이스는 꽃밭으로 사라진 후였다.

그러자 디안이 타르파를 보며 말했다.

"라크아쓰 아저씨는 저를 구해 주신 분의 부하예요."

"라크아쓰?"

"저기 가장 큰 덩치의 네이더요. 저분이 라크아쓰 아저씨예요."

"그렇구나. 그럼 아군으로서 대우해 줘야지."

타르파는 신이 났다. 네이더 13마리라면 제법 막강한 전력이 되기 때문이다. 더구나 라크아쓰는 보통의 네이더보다 10배는 덩치가 큰 만큼 초대형 몬스터급의 전투력을 지닌 존재로 보였다.

곧바로 타르파는 라크아쓰 패거리를 맞이했다.

"하하, 거기 있지 말고 어서 들어오세요. 그대들을 환영합니다."

그렇게 라크아쓰와 그의 열두 부하 네이더들은 아시엘의 집에 들어올 수 있었다.

어느 정도 정리가 된 후 아시엘은 망토를 어깨에 둘러보았다.

화아악—

그 순간 또다시 찬란한 빛이 망토에서 일어나더니 아시엘의 전신을 휘감았다.

그러다 찬란한 빛은 이내 사라지고 은은한 후광이 뿜어져 나왔다.

그것은 매우 신비롭다 못해 경이적이었다.

용자의 망토를 장착한 것만으로도 아시엘에게서 말할 수 없는 위엄이 느껴졌다. 심지어 그녀의 외모는 이전보다 두 배는 더 아름다워진 듯 보였다.

"오오!"

"아아!"

스위니와 타르파뿐 아니라 아린과 디안, 라크아쓰를 비롯한 네이더들도 감탄이 가득한 표정이었다.

그러나 지금 이 순간 가장 감동에 젖은 이는 물론 아시엘이다.

[용자 아시엘! 그대가 고대 용자의 유물을 얻은 것을 축하한다.]

[그 망토의 이름은 용자의 팔루다멘튬. 고대의 용자가 후대의 용자를 위해 특별히 제조한 것이다.]

[이제 그대의 신체에 있던 모든 저주는 사라질 것이며, 그대와 그대의 동료들이 얻은 미스토스의 양만큼 그대는 강해질 것이다.]

[허나 그대는 아직 하이칸을 처치하지 못했다. 용자의 팔루다멘튬에 이어 5카퍼스의 미스토스를 보상으로 받고 싶으면 마족 하이칸을 해치우도록 하라.]

[이어서 샤론 대륙을 위협하는 사악한 세력과 맞서라. 마왕과 대적하고 마왕의 압제 하에 놓인 이들을 구하라. 그것이 그대의 사명이다.]

이는 글자로 나타난 것이 아니라 마치 오래전 알았던 내용처럼 자연스레 그녀의 기억으로 스며들었다.

용자로서 강해질 수 있는 길.

이 특별한 이름의 망토를 사용하는 방법.

무엇보다 지금 당장은 물론, 앞으로 그녀가 용자로서 수행해야 할 사명까지!

그 모든 것들이 자연스레 각성되었다.

즉, 단순히 망토에서 뿜어져 나오는 후광으로 인해 그녀에게 위엄이 느껴지는 것이 아니라, 용자로서 진정한 각성을 하게 됨으로 인해 저절로 위엄이 생겨난 것이기도 했다.

또한 아시엘은 용자의 팔루다멘툼을 장착한 순간 마나가 모이지 않던 태생의 저주로부터 벗어났다.

'마나가 모이기 시작했어.'

그 즉시 그녀는 용자의 팔루다멘툼으로 펼칠 수 있는 궁극의 능력을 떠올렸다.

하루에 한 번밖에 펼칠 수 없지만 위력이 매우 강력한 바로 그 능력.

용자의 오러!

그것은 그녀의 주위에 있는 아군들을 최상의 상태로 회복시켜 주는 위력이 있다 했다.

아시엘은 그것을 지금 펼쳐 볼 생각이었다.

번쩍! 화아아악―

순간 찬란한 오러의 빛이 그녀를 중심으로 일어나 사방으로 파동처럼 퍼져 나갔다.

그러자 매우 신기한 일이 벌어졌다.

만신창이 상태였던 아린과 디안, 그리고 라크아쓰와 네이더들의 몸이 완벽하게 회복되어 버린 것이다.

물론 아무런 부상이 없던 스위니와 타르파, 미스토스 용병들에게는 별다른 현상이 벌어지지 않았다. 다만 가슴에서 알 수 없는 용기가 솟아나더니 모든 두려움이 사라지는 것이었다.

"오오! 이것은!"

"용자의 오러! 아아, 아시엘 님 드디어!"

타르파와 스위니가 격동 어린 표정으로 아시엘을 쳐다봤다.

그런데 아직 놀랄 것은 더 남았다.

도처에 깨지고 금이 갔던 대나무 울타리가 깨끗한 상태로 복원되었고, 천장 한쪽에서 물이 새던 초가지붕도 새것처럼 변했다.

용자의 오러가 집과 울타리까지 최상의 상태로 복원시킨 것이다.

모두들 이 상황에 입을 쩍 벌리면서 가슴 벅차했다.

타르파와 스위니가 환호했다. 그들은 아시엘을 향해 허

리를 숙이며 크게 외쳤다.

"각성을 진심으로 축하드립니다."

"드디어 각성하셨군요. 축하드려요."

그들에 이어 아린과 디안도 눈물을 훌쩍이며 말했다.

"용자의 각성을 축하드려요."

"저희들의 노력이 헛되지 않았군요."

바로 이 용자의 팔루다멘툼을 아시엘에게 전하기 위해 이꼬트족들이 겪었던 고통은 이루 말할 수 없었다.

모두가 죽고 아린과 디안. 둘만 살아남았으니까.

그런데 아시엘은 그들이 아무런 말을 않아도 마치 그 상황을 본 듯 알게 되었다.

저 귀여운 이꼬트들이 그녀를 위해 수많은 희생을 했다는 사실을.

당연히 가슴에서 울컥 뜨거운 뭔가가 올라왔다. 아시엘은 아린과 디안을 끌어안고 말했다.

"정말 고마워요. 이제 마족 하이칸을 죽이고 저주에 빠진 이꼬트들을 구해 줄게요."

그 말에 아린과 디안은 깜짝 놀랐다.

"그럼 그분들이 죽지 않았다는 건가요?"

"마족의 저주에 석화되어 있을 뿐 대부분 죽지 않았어요. 하이칸을 쓰러뜨리면 그들의 저주는 모두 풀리고, 수호

수인 오후스도 제 힘을 되찾게 될 거예요."

"아. 그렇군요."

"그럼 어서 하이칸을 죽이고 그분들을 구해 주세요."

아린과 디안은 이게 꿈인가 싶었다. 모두가 죽었다고 생각했는데 그들 대부분이 죽지 않고 살아 있다니. 마족 하이칸만 해치우면 모든 게 이전처럼 돌아갈 수 있게 된다니.

그러나 사실 아시엘은 속으로 근심이 적지 않았다.

말이야 멋지게 했지만 아직 그녀의 힘으로 마족 하이칸과 싸워 이기기란 불가능하기 때문이다.

로이스가 도와준다면 모를까.

그러나 로이스가 망토를 차지하지 못하자 크게 상심한 표정으로 꽃밭으로 사라져 버린 터라 다시 그에게 부탁을 하기도 쉽지 않을 듯했다.

비록 로이스가 그녀의 용병이긴 하지만, 그가 내킬 때만 도와준다고 했기 때문이다.

그때 타르파가 잔뜩 고무된 표정으로 말했다.

"아시엘 님. 드릴 말씀이 있습니다."

"네. 말씀해 보세요."

"오늘 로이스 님이 몬스터들을 대거 해치운 덕분에 아시엘 님께도 미스토스가 꽤 쌓였거든요."

"오! 그렇군요."

아시엘은 반색했다. 용자의 부하나 용병이 샤론 대륙의 몬스터들을 해치우면 용자에게도 미스토스가 쌓이게 된다는 것! 이는 그녀도 알고 있는 사실이다.

'내게 마나가 갑자기 많이 생겨난 것도 바로 그 때문이었던 거야.'

단순히 저주가 풀렸다고 마나가 갑자기 쌓일 리는 없었다. 저주에서 벗어났지만 마나를 쌓고 싶다면 이제부터 그녀 스스로 노력을 해야 했기 때문이다. 물론 미스토스를 쌓아야 한다.

그러니 아까 용자의 오러를 펼치기에 충분한 마나가 생겨난 것은 모두 로이스 덕분인 것이다.

"하하, 놀라지 마십시오. 오늘 쌓인 미스토스가 무려 1카퍼스나 됩니다."

"1카퍼스요? 세상에!"

본래 가지고 있던 것보다 가히 백 배 이상의 미스토스였다.

"그럼 당분간 미스토스 걱정은 하지 않아도 되겠군요."

"물론이죠. 이제 그걸로 이 집을 강화할까 하는데 허락해 주시겠습니까? 하이칸이 언제 쳐들어올지 모르는데 이대로는 방어력이 너무 낮거든요."

"네. 허락할게요."

"감사합니다."

미스토스는 용자에게 쌓이지만 그것을 사용해 살림을 꾸려 가는 건 집사의 책무다. 이를 위해 용자는 자신의 미스토스를 집사나 총사에게 위임해 주어야 했다.

지금이 바로 그때다.

미스토스의 사용을 허락받은 타르파는 두 눈을 감았다.

휘이이이이이—

순간 신비한 붉은빛의 안개가 아시엘의 집을 뒤덮었다. 그 안개로 인해 아시엘 등은 집안에서 무슨 일이 벌어지고 있는지 볼 수 없었다.

그러던 안개는 잠시 후 걷혔다.

그와 함께 드러난 광경.

어설프게 집 주위를 두르고 있던 대나무 울타리가 사라지고 그 자리에 생겨난 단단한 돌벽과 목책들.

한눈에 봐도 집의 방어력이 훨씬 강해졌음을 알 수 있었다.

이것이 바로 1카퍼스의 미스토스를 사용해 만들어 낸 것인가?

그런데 바뀐 것은 그뿐이 아니었다.

일단 집안의 공간이 이전보다 두 배는 더 넓어졌다.

게다가 허름한 초가지붕집이 사라지고 그 자리에는 튼튼해 보이는 목조 주택이 생겨나 있었다. 그것도 3층으로 이루어진 거대한 저택이었다.

게다가 마당의 한쪽에 우물이, 그 옆으로 자그만 밭도 하나 생겨났다.

물론 한쪽에 있던 로이스의 꽃밭은 그대로 있었다.

"와아!"

"멋져요!"

아시엘과 스위니는 입을 다물지 못했다. 물론 아시엘은 왕국의 공주였다. 그녀가 살던 궁전은 이보다 비할 수 없이 화려했으니 이 정도에 놀란 것은 우스운 일일 수도 있었다.

그러나 그것은 아주 이전의 일일 뿐. 바로 방금 전까지 초라한 초가지붕집에서 살았다. 그것도 집에 우물이 없어서 스위니가 목숨을 걸고 물을 구하러 다녀야 했다.

그런 상황에 멋들어진 목조 저택에 이어 우물까지 생겨났으니 그야말로 감격하지 않을 수 없었다. 게다가 감자밭까지!

"하하하, 우물에서는 매일 신선한 물을 얻을 수 있지요. 감자밭은 따로 재배하지 않아도 매일 일정량의 감자를 얻을 수 있습니다. 이제 더 이상 식수와 식량 걱정은 하지 않아도 될 것 같군요."

"정말 잘됐어요."

아시엘은 가슴이 뭉클했다. 그동안 사실 거지나 다름없

이 살았는데 이제야 좀 사람답게 살 수 있게 됐으니까.

'로이스 님 정말 고마워요.'

아시엘은 진심으로 로이스에게 고마움을 느꼈다.

이 모든 게 다 로이스 덕분이기 때문이다. 그가 아니었다면 오늘 이꼬트들을 구하는 것은 물론이고 용자의 팔루다 멘툼도 얻지 못했을 것이다.

한편 1카퍼스의 미스토스가 가진 효용은 그게 다가 아니었다.

석벽을 둘러 동서남북 네 방향으로 생겨난 탑들이 있었으니.

다름 아닌 가이드 타워들이었다.

"저 가이드 타워들은 별다른 병력을 배치하지 않아도 적이 접근하면 스스로 공격합니다. 그러나 궁수들을 배치할 경우 활의 사정거리가 증가하며 공격력도 강해지지요."

네 개의 가이드 타워!

그로 인해 아시엘의 집은 이제 집이 아닌 요새라 불리게 되었다.

"1카퍼스가 이 정도면 하이칸을 죽이고 5카퍼스의 미스토스를 얻게 되면 더욱 멋지게 변하겠군요."

"물론입니다. 그때는 아마도 성채의 규모로 확장될 수 있겠지요."

요새에서 성(城)으로!

그때는 누구도 용자 아시엘을 무시하지 못하게 될 것이다.

물론 모두 로이스가 도와줘야 가능한 일.

아시엘이 타르파를 바라보며 말했다.

"로이스 님을 위로할 방법이 없을까요? 그는 이 망토를 착용하지 못하자 크게 상심하고 있는 것 같아요."

"예. 실은 그게 문제입니다."

타르파도 고심하는 기색이 역력했다. 이제 이틀 후면 하이칸이 결계에서 풀려나 이곳 요새를 공격해 올 것이다. 그때 로이스가 도와주지 않으면 큰일이었다.

미스토스의 힘으로 어떻게 방어는 가능할지 모르지만, 하이칸을 해치우지 않으면 언젠가 미스토스가 바닥나 결국은 처참한 상황에 처하고 말 테니까.

그러자 스위니가 눈을 빛내며 말했다.

"그럼 뭔가 선물을 하나 주는 게 어떨까요?"

선물이라는 말에 아시엘과 타르파의 안색이 밝아졌다. 단순한 성격의 로이스이다 보니 마음에 드는 선물을 받게 되면 금방 기분이 풀릴 가능성이 높았다.

"그거 좋은 생각이네요. 그런데 어떤 선물을요?"

"그건 함께 생각해 봐야죠."

스위니는 어색하게 웃었다. 무슨 선물을 줘야 할지까지는 생각하지 못했기 때문이다. 그러다 다시 눈을 반짝이며 말했다.

"인형을 만들어 주는 건 어떨까요?"

"글쎄요. 그건."

"그의 성격에 오히려 화를 내지나 않으면 다행입니다."

아시엘과 타르파가 고개를 흔들었다. 아무리 생각해도 인형은 영 아니었던 것이다.

"그럼 뭔가 맛있는 걸 만들어 주는 건?"

"좋은 생각이지만 저는 요리에 재능이 없어서. 스위니 경은 요리 좀 할 줄 알아요?"

"아뇨. 검 휘두르는 거라면 몰라도 요리는 해 본 적이 없어요."

순간 아시엘과 스위니의 시선이 타르파를 향했다. 명색이 집사이니 혹시 요리를 좀 하지 않을까 하는 기대감이 담긴 눈빛들.

그러자 타르파는 짐짓 자신 있어 보이는 표정을 지었다.

"하하, 요리라면 제가 좀 할 줄 알죠. 하지만 요리에는 재료가 필요합니다. 재료라고는 달랑 감자 하나뿐이라."

"아."

"재료가 문제군요."

아시엘과 스위니는 다시 절망의 표정을 지었다.

셋이 아무리 머리를 맞대어도 로이스의 기분이 풀릴 만한 선물을 생각해 내지 못했다. 특히나 지금 이 상황에서 현실적으로 가능한 것을 해야 하기에 더더욱 답이 나오지 않았다.

바로 그때였다. 라크아쓰가 힐끔거리며 눈치를 보더니 은근슬쩍 다가와 한마디 했다.

"케케케. 저라면 로이스 님께 멋진 망토를 선물할 겁니다."

"……?"

"……?!"

순간 아시엘과 스위니의 두 눈이 휘둥그레 커졌다. 그것은 라크아쓰가 말한 내용 때문이 아니라 그가 놀랍게도 아시엘과 스위니에게 익숙한 라키아 대륙의 언어로 말했기 때문이다.

이꼬트들이라면 이종족이라 그럴 수 있다 쳐도, 어떻게 몬스터인 네이더가 유창한 라키아어를 할 수 있는 것일까?

이에 그들이 놀란 듯하자 라크아쓰가 그것을 눈치채고 히죽 웃었다.

"케케케. 역시 인간들은 외모로 선입견을 많이 가지는군요. 제가 비록 당신들과 모습은 다르지만 한 번 들은 언어는 잊지 않습니다. 저는 제법 많은 언어를 알고 있죠."

"오! 멋지네요."

아시엘과 스위니는 여전히 라크아쓰에 대해 불안함을 거두지 못했다. 로이스의 부하라 하지만 모습이 너무 무섭기 때문이었다.

한입으로 웬만큼 큰 몬스터도 꿀꺽 삼켜 버릴 만큼 거대한 거미를 보고 그와 같은 두려움이 들지 않는다면 거짓말일 것이다.

그런데 막상 대화가 통하니 그런 경계심은 순식간에 사라졌다. 더구나 라키아 대륙의 표준어를 매우 능숙하게 구사하니 친숙한 느낌마저 들 정도였다.

"당신들은 로이스 님이 옷을 얼마나 좋아하는지 잘 모르시는 것 같군요. 제가 로이스 님의 부하가 될 수 있었던 것도 다 그것 때문입니다."

"옷이라고요?"

"예. 하지만 지금은 망토가 더 좋을 겁니다. 아시엘 님의 그 망토와 비슷한 걸로 말이죠. 쿄쿄쿄!"

게다가 라크아쓰는 한 번 말이 트이자 매우 수다스러웠다. 그래도 아시엘 등은 라크아쓰의 말이 일리 있다 느꼈다.

"그대의 말대로 이 용자의 팔루다멘툼과 비슷한 모양의 망토를 선물로 줄 수 있다면 로이스 님이 매우 좋아하겠죠. 그런데 그걸 어디서 구할 수 있나요?"

"케케케. 그건 염려 마십시오. 제가 다른 건 몰라도 옷 만드는 데는 아주 특별한 능력이 있습니다."

거대한 거미인 라크아쓰가 옷을 만든다라. 그 말에 아시엘 등은 웃지도 울지도 못하는 기괴한 표정을 지었다.

어디 가서 이런 말을 하면 무슨 헛소리를 하느냐고 말할 것이 분명하다. 사람도 아닌 거미가, 그것도 거대 괴수 거미 두목이 인간의 옷을 만든다는 건 말도 안 되는 얘기니까.

그래도 아시엘은 뭔가 지푸라기라도 잡는 심정으로 말했다.

"라크아쓰 경. 그럼 그대의 그 탁월한 재주를 활용해 이 것과 비슷한 모양의 망토를 만들어 줄 수 있나요?"

순간 라크아쓰의 몸이 움찔 떨렸다.

'경?! 나보고 경이라고?'

분명 잘못 듣지 않았다. 인간들에게 있어서 자신은 매우 흉포한 몬스터에 불과할 뿐일 텐데, 그런 자신을 경이라 말하며 높여 주다니. 그것도 다른 이도 아닌 용자가!

라크아쓰는 왠지 알 수 없는 감동에 젖었다. 그간 마족 하이칸에게 충성을 바치면서 그에게 들었던 말은 '이 게으르고 무능한 놈!' 혹은 '이 겁 많은 녀석!' '버러지 같은 놈!' 등등 거의 놈이나 녀석이라는 호칭에 욕하는 말이 다였다.

단 한 번도 하이칸은 라크아쓰에게 경이라는 칭호를 '써

준 적이 없었다. 그것은 하이칸이 경이라는 뜻이 무엇인지 몰라서가 아니라, 그만큼 라크아쓰를 하찮게 생각했다는 의미일 것이다.

그런데 오늘 처음 본 용자 아시엘은 너무도 정중하게 자신을 존중해 주었다.

그러니 라크아쓰가 어찌 감동하지 않을 수 있겠는가.

곧바로 라크아쓰는 여덟 개의 다리를 구부리며 공손히 예를 취했다.

"비록 저는 로이스 님의 부하이지만, 당신은 로이스 님과 계약을 하신 분. 기꺼이 당신의 부탁을 들어 드리지요."

거미가 절을 한다. 그것이 어떻게 가능할 수 있냐고 누군가 묻는다면 지금 라크아쓰의 모습을 설명해 주면 될 것이다.

아시엘 역시 허리를 숙여 답하며 말했다.

"그럼 부탁해요. 라크아쓰 경."

"케케! 그 경이라는 말이 참 듣기 좋군요. 잠깐만 기다려 주시면 멋진 망토를 만들어 바치겠습니다."

라크아쓰는 만면에 미소를 지으며 대답하고는 즉시 부하들을 불렀다.

(…….)

(……?!)

(……!)

라크아쓰와 부하 네이더들이 뭐라고 소곤대고 있었다. 사실 소곤대기보다는 라크아쓰가 부하들에게 몇 가지 지시를 내리고 있었는데, 아시엘 등은 무슨 말인지 전혀 알아들을 수가 없었다.

후다닥.

후다다닥.

잠시 후 네이더들이 요새 바깥으로 나가 숲에서 뭔가를 잔뜩 물고 왔다.

갖가지 모양의 나뭇잎, 꽃잎, 식물의 줄기 등이었다.

으적으적! 짭짭!

라크아쓰는 그것들을 게걸스럽게 입에 넣고 씹었다. 망토를 만든다고 하더니 갑자기 왜 저것들을 먹어 치우고 있는지 아시엘 등은 의문이었지만, 그래도 일단 지켜보기로 했다.

바로 그때 기괴하다 못해 황당무계한 일이 벌어졌다.

꺼억!

실컷 포식을 한 라크아쓰가 크게 트림을 한 번 하더니 꽁무니에서 가지각색의 실을 뽑아내기 시작한 것이다.

쭉!

쭈욱!

그 실들이 엮여 천이 만들어졌고, 그것들이 다시 어우러져 멋들어진 형상의 망토가 완성되었다.

'세상에!'

'내가 꿈을 꾸는 걸까?'

하도 기막힌 광경에 아시엘과 스위니는 멍한 표정을 짓고 있었다. 시종 무뚝뚝한 표정으로 경비를 서고 있던 미스토스 용병들도 입을 쩍 벌렸고, 이꼬트 아린과 디안도 이 무슨 신기한 일인가 하는 표정이었다.

"와아! 라크아쓰 아저씨! 대단해요."

"아시엘 님의 망토와 똑같아요."

그것이 가장 놀랄 만한 점이었다. 단순히 비슷한 모양의 망토를 만든 것이 아니라, 아시엘이 걸친 용자의 팔루다멘툼과 완벽하게 동일했다.

모양만 봐서는 누가 봐도 어느 것이 진짜인지 구분하기 힘들 정도였다.

다만 라크아쓰의 망토는 용자의 팔루다멘툼 특유의 은은한 후광은 없었다. 그것은 신비한 미스토스의 기운이 응축되어 나타난 현상으로, 라크아쓰로서는 불가능한 작업이었다.

그러나 이 정도면 충분하다.

로이스는 어차피 모양만 중요하게 여길 뿐 기능 따위는 별로 관심을 두지 않기 때문이다.

"멋지군요. 수고하셨어요, 라크아쓰 경."

"케켓, 아닙니다. 이런 건 제게 매우 쉬운 일이니 앞으로 혹시 옷이나 망토가 필요하시면 언제든 말씀만 하십시오."

그것은 라크아쓰의 진심이었다. 그가 아무리 옷을 자유롭게 만들 수 있어도 아무에게나 그것을 만들어 주진 않는다.

사실 보기에는 별것 아닌 것처럼 느껴질 수 있지만, 옷 만드는 과정은 매우 고통스럽다. 특히 마나를 적지 않게 소모해야 하기에 정말 반드시 필요한 때가 아니면 매우 부담스러운 일인 것이다.

그래도 자신에게 경이라는 칭호를 써 주며 존중해 준 용자 아시엘에게는 얼마든지 그런 고통을 감수하고 옷을 만들어 바칠 수 있었다.

＊　　＊　　＊

한편 그때 꽃밭 안.

릴리아나와 로이스는 매우 들떠 있었다. 아시엘 등은 로이스가 크게 상심해 있다고 생각하며 걱정이 태산 같았지만, 로이스는 이미 그 일은 신경도 쓰지 않았다.

그냥 일시적으로 시무룩한 상태가 되었을 뿐, 언제 그랬냐는 듯 지금은 릴리아나와 신나게 대화 중이었다.

"그러니까 내가 미스토스를 많이 모아 온 덕분에 이 꽃밭을 크게 늘릴 수 있다는 거야?"

"네, 로이스 님. 오늘 많은 숫자의 몬스터들을 해치우셨어요. 덕분에 무려 1카퍼스가 넘는 미스토스가 쌓였죠. 이 정도면 더 이상 비좁은 꽃밭에서 지낼 필요가 없답니다. 호호호."

릴리아나는 로이스보다 더욱 신이 난 표정이었다.

"그럼 꽃밭을 바꿔 봐."

"물론이죠. 그 전에 제가 로이스 님의 미스토스를 사용해 꽃밭을 확장하는 걸 허락해 주세요."

이 또한 집사 타르파가 용자 아시엘에게 허락을 구하는 것과 동일했다. 릴리아나가 아무리 로이스의 수호 요정이라 해도 허락 없이 로이스의 미스토스를 마구 사용할 수는 없기 때문이다.

유사시 로이스가 빈사 상태에 처한다면 예외적으로 그녀가 임의로 미스토스를 사용해 로이스를 소환해 내겠지만, 그런 특별한 경우를 제외하고는 로이스에게 정식으로 허락을 받아야 했다.

"허락할게. 어서 꽃밭을 확장해 봐."

로이스는 흔쾌히 고개를 끄덕였다. 그러자 릴리아나가 환한 미소를 지었다.

"네, 그럼 시작할게요."

Chapter 10
무기 방어 전술

눈부신 백색의 꽃잎들이 비처럼 쏟아져 내렸다. 마치 보석처럼 반짝이는 백색 꽃잎들로 인해 로이스는 이 안에서 무슨 일이 벌어지는지 볼 수 없었다.

그러다 어느 순간 꽃잎들이 사라지고 새롭게 바뀐 꽃밭의 정경이 드러났다.

"와! 꽃밭이 넓어졌네!"

일단 가장 먼저 눈에 띄는 변화는 내부의 공간이 거의 열 배나 넓어졌다는 것!

예전에는 릴리아나와 로이스의 처소, 그리고 공동으로 쓰는 거실과 같은 공간인 꽃의 정원이 전부였다.

그러나 지금은 로이스의 침실이라 할 수 있는 곳의 크기만 이전의 꽃밭 수준의 크기였다.

정원의 중앙에는 커다란 연못도 생겨났는데, 놀랍게도 그곳엔 처음 보는 소녀가 환한 미소를 짓고 있었다. 전신이 푸른빛으로 이루어진 특이한 형상의 소녀.

"쟤는 누구지?"

"물의 정령이에요."

"정령이라고?"

"네, 엄밀히 말하면 미스토스 정령이에요. 미스토스로 고용했어요."

"그런 것도 가능해?"

"물론이죠. 꽃밭이 이렇게 넓어졌는데 이 넓은 곳을 제가 혼자 다 관리하기엔 벅차거든요."

이번에 릴리아나가 고용한 미스토스 정령은 모두 셋.

물의 정령, 바람의 정령, 땅의 정령 한 명씩이었다.

바람의 정령은 청소를, 물의 정령은 물약 제조, 땅의 정령은 꽃밭 안에 새로 생겨난 약초밭을 관리하는 임무를 받았다.

"저는 물의 정령 퓨리예요. 로이스 님께 각종 물약을 만들어 드릴게요."

"저는 바람의 정령 실피랍니다. 청소라면 뭐든 맡겨 주세요, 호호호."

"저는 땅의 골렘 건트! 약초 채집은 저의 담당이죠. 열심히 하겠습니다."

퓨리는 어린 소녀 형상이고, 실피는 날렵한 인상의 여인 형상, 그리고 건트는 듬직한 청년 농부 형상이었다.

로이스는 손을 흔들어 화답했다.

"모두들 반가워. 그런데 약초밭은 뭐지?"

그러자 땅의 정령 건트가 대답했다.

"매일 거더드와 같은 특별한 약초들이 생겨나는 곳입니다."

거더드는 로이스도 채집해 봤던 약초다. 덕분에 약초 채집 능력도 생겨났으니까.

숲을 누비다 보면 드물게 발견할 수 있는 거더드는 릴리아나가 회복수의 재료로 사용하기도 하는 귀한 약초.

그런데 그 거더드를 숲이 아닌 이곳 약초밭에서 채집할 수 있다니 신기한 일이었다.

"거더드 말고 다른 약초도 생겨나는가 보군."

로이스가 호기심을 빛내자 건트가 씩 웃었다.

"운이 좋으면 마스나스와 같은 희귀한 약초가 생겨나기도 하죠."

마스나스에 대해서는 릴리아나가 얘기해 준 적이 있다.

거더드 수백 뿌리보다 더 뛰어난 효능을 지닌 희귀한 약초라고 말이다.

아쉽지만 아직 로이스는 마스나스를 발견해 본 적이 없다.

그런데 그런 희귀한 약초를 이곳 약초밭에서 캘 수도 있을 줄이야.

릴리아나가 빙긋 웃으며 말했다.

"앞으로 미스토스가 더 많아지면 약초밭의 단계를 높일 수 있어요. 보다 상위 단계의 약초밭이 될수록 희귀한 약초 같은 걸 많이 얻을 수 있죠."

"그렇군."

로이스는 새삼 미스토스가 얼마나 대단한 건지 느꼈다.

'난 그저 몬스터만 해치웠을 뿐인데 그걸로 이런 것들이 가능하다니 놀랍구나.'

사실 이런 식으로 미스토스를 활용하게 된다는 말은 이미 예전에 들었지만, 오늘처럼 직접 눈으로 확인하기 전까지는 미스토스가 이토록 대단한 건지 실감이 안 났다.

그런데 이제 미스토스의 위력을 학인하게 되자 로이스는 왠지 투지에 불타올랐다.

"좋아. 앞으로 몬스터를 더욱 많이 해치워야겠어. 꽃밭이 어디까지 커지는지 내 눈으로 확인해 보고 말 거야."

그러자 릴리아나가 반색했다.

"호호! 멋진 생각이에요, 로이스 님. 아, 한 가지 중요한 사실도 잊지 마세요."

"중요한 사실?"

"그러니까 몬스터를 무조건 죽여야만 미스토스가 오르는 것이 아니거든요. 때로는 굴복시켜 부하로 거느리는 것이 오히려 더 많은 미스토스를 얻게 되기도 해요. 또한 용자를 도와주는 것도 마찬가지고요."

"알았어."

로이스는 고개를 끄덕였다. 사실 아무리 몬스터라지만 그들이 무슨 잘못을 했다면 모를까, 무작정 죽이는 것은 로이스 역시 달갑지 않았다.

그런데 굴복만 시켜도 미스토스가 오를 수 있다니 다행이었다.

또한 용자를 돕는 것도 충분히 신나는 일.

로이스는 당장이라도 미스토스를 쌓으러 나가고 싶었다.

그러나 오늘은 이만 쉴 시간. 곧바로 로이스는 꽃 침대로 걸어가 누워 잠들었다.

바로 그때.

"저, 로이스 님!"

다름 아닌 아시엘의 음성이었다. 로이스는 잠든 상태라

그 음성을 듣지 못했고 릴리아나가 밖으로 나갔다.

"아시엘 님, 무슨 일이시죠?"

"로이스 님께 드릴 선물이에요. 많이 상심하고 계실까 봐 걱정이 돼서요."

그 말과 함께 아시엘은 아까 있었던 일을 얘기했다. 그러자 릴리아나는 풋 웃으며 말했다.

"걱정 말아요. 로이스 님은 그런 것에 연연할 만큼 속이 좁지 않거든요. 이미 그 일은 잊어버리셨을걸요."

"정말요?"

"네, 그 일은 염려하지 말아요. 로이스 님은 앞으로도 아시엘 님을 기꺼이 도와주실 거예요."

릴리아나의 말에 비로소 아시엘은 안심이 되었다.

"이건 라크아쓰 경이 만든 망토예요. 로이스 님께 진해 드리세요."

"로이스 님이 무척 좋아하시겠군요."

릴리아나는 망토를 받아 들고 로이스에게 가져왔다. 그리고 잠들어 있는 로이스의 머리맡에 망토를 내려놓았다.

* * *

이튿날 아침.

자줏빛 망토를 두르고 꽃밭을 나온 로이스의 얼굴에는 미소가 어려 있었다.

"선물 고마워, 아시엘."

용자의 팔루다멘툼이 아니어도 상관없었다. 로이스는 멋진 망토를 착용하는 것만으로도 충분히 흡족해했다.

"고맙긴요. 저야말로 로이스 님께 진심으로 고마워하고 있거든요."

타르파와 스위니도 한몫 거들었다.

"오오! 오직 로이스 님을 위한 최고의 망토입니다."

"아주 멋져 보이시네요. 호호호."

그들이 호들갑을 떨어 주자 로이스는 더욱 흐뭇했다. 그러다 아시엘의 집이 목조 건물로 바뀌고 석벽과 목책 등이 생겨난 것을 보고는 감탄했다.

"너도 미스토스로 집을 바꿨나 보네. 이전보다 훨씬 보기 좋은 걸."

"네."

아시엘의 얼굴에도 흐뭇한 미소가 피어났다. 그러다 돌연 로이스의 얼굴을 바라보며 말했다.

"이제 이틀 후면 마족 하이칸이 이곳을 공격해 올 거예요. 그때 혹시 방어전에 참여해 주실 수 있나요?"

그러자 로이스는 무슨 당연한 얘기를 하느냐는 듯 아시

엘을 힐끗 쳐다봤다.

"그야 물론이야."

"고마워요."

"고맙긴. 그런 재밌는 일에 내가 빠질 수는 없잖아."

아시엘 등에게는 하이칸과의 전투가 무척이나 큰 부담으로 다가왔지만, 로이스에게는 절대 놓칠 수 없는 흥밋거리였다.

"그럼 난 나간다."

"네, 조심하세요!"

하이칸이 결계에서 나올 때까지 죽치고 이곳에서 기다리는 건 로이스의 성격상 맞지 않았다. 그래서 오늘도 미스토스를 쌓으러 나가는 로이스였다.

그런데 숲으로 들어가 한참을 뒤져도 몬스터들은 보이지 않았다.

'이런! 다 도망친 건가.'

어제 요새에서 도주한 리자드맨 패잔병들이라도 몇 있을 줄 알았는데, 이렇게 되면 오늘은 허탕일 듯했다.

'어쩔 수 없지. 그냥 할버드나 휘두르며 수련을 해야겠군.'

할버드 전술의 단계라도 올려 보겠다는 생각에 로이스는 적당한 공터에서 할버드를 열심히 휘둘렀다.

어제 리자드맨들과 싸우던 도중 할버드 전술이 6단계로 상승했다. 오늘도 한 단계 더 올릴 수 있으려나.

획! 휘획!

그렇게 한참이 지났을까? 문득 할버드의 움직임이 좀 더 빨라졌다 느껴진 순간.

[미스토스의 은총이 당신의 노력에 대한 보상을 줍니다.]

[당신의 할버드 전술이 7단계가 되었습니다.]

"하하, 드디어 올랐어!"

역시 할버드 전술은 단계가 낮아서 그런지 조금만 열심히 하면 쑥쑥 오르는 듯했다. 반면에 맨주먹 기술인 맨티스 거의 투지는 29단계에서 무슨 짓을 해도 더 이상 오르지 않았다.

그것이 아쉽긴 했지만 로이스는 굳이 안 되는 것에 집착하지 않았다.

'언젠가 때가 되면 또 오르겠지. 그때까지 할버드 전술도 29단계까지 올려 보는 거다.'

그러다 할버드 전술도 더 이상 오르지 않으면?

무슨 걱정인가? 그때는 또 다른 무기를 들고 수련하면

된다.

로이스는 얼마 전 제국의 흑기병들이 들고 있던 랜스라는 무기도 잘 봐 둔 터였다. 또한 스위니가 사용하는 롱소드라는 무기도.

그뿐이 아니다. 리자드맨들의 단창과 롱보우.

그리고 배틀액스라 불리는 거대한 도끼까지.

뭐든 열심히 하면 관련 전술이 생겨나고 또 그 단계가 오른다.

'모든 무기를 다 최고 단계로 올려 보는 거야. 그럼 그 사피아스인가 하는 놈은 물론이고, 대마왕 불칸도 쓰러뜨릴 수 있겠지.'

사피아스는 마화 루비아나의 원수였으니 반드시 해치워야 한다.

그리고 대마왕 불칸은 미스토스 군주 레카온이 알려 준 로이스의 숙적!

언제고 그놈과 마주쳤을 때 낭패를 당하지 않으려면 부지런히 강해져야 할 것이다.

[미스토스의 은총이 당신의 노력에 대한 보상을 줍니다.]

[당신의 할버드 전술이 8단계가 되었습니다.]

그사이에도 로이스는 할버드 수련을 멈추지 않았고 그러다 보니 날이 어둑해질 무렵 할버드 전술은 8단계로 상승했다.

"하하하, 좋아. 오늘은 여기까지. 이제 그만 돌아가도록 할까?"

로이스는 이마에 흐르는 땀을 닦으며 뿌듯한 미소를 흘렸다.

그런데 바로 그때였다.

스스스스.

갑자기 로이스의 앞 쪽에 나타난 괴상한 그림자 하나.

"어? 저건?"

이전에도 한 번 본 적 있었다. 그때 저 그림자의 움직임을 그대로 따라 했더니 울프 슬래시라는 기술이 생겨났다.

'그렇다면 이번에도?'

그림자를 보는 로이스의 두 눈이 반짝였다. 잘하면 이번에 또 하나의 기술을 배우게 될지 모른다. 로이스는 그림자의 움직임을 하나도 놓치지 않으려 두 눈에 힘을 주었다.

"……?"

그런데 이번에는 그림자가 동작을 취하지 않고 힐끗 로이스를 노려보는 것이 아닌가. 그러고는 갑자기 로이스를 향해 할버드를 겨누는 것이었다.

"뭐야? 나와 한 번 싸우자는 거냐?"

딱 봐도 그런 낌새다. 로이스는 싸늘히 웃으며 할버드를 번쩍 쳐들었다.

"좋아. 싸움이라면 난 언제나 환영이지. 어디 덤벼 봐."

상대가 마족이건 그림자건 도전해 오는 녀석은 절대 피하지 않는다.

그렇게 로이스의 두 눈이 투지로 이글거리자 시커먼 그림자의 얼굴 부위에서도 두 개의 빛이 번쩍였다.

그림자의 두 눈! 그 또한 투지로 이글거리고 있는 게 분명했다.

휙! 휘휘휙—

그와 함께 정신없이 날아드는 할버드의 공세!

비록 그림자이긴 하지만 로이스는 신중하게 그것과 맞섰다. 물론 진짜 저것이 그림자일 뿐이라면 로이스의 몸을 그냥 스쳐 지나가 버릴 것이니 제대로 된 전투를 할 수 없을 것이다.

카아앙!

그런데 놀랍게도 묵직한 충격과 함께 금속들의 격타음이 울리는 게 아닌가. 그림자가 휘두른 할버드와 로이스의 할버드가 격돌하며 나는 소리였다.

"넌 뭐지? 그림자가 아니었나?"

"……."

로이스가 물었지만 그림자는 대답 없이 할버드만 휘둘렀다. 그 속도가 바람 같아서 로이스는 막아 낼 수가 없었다.

퍽!

"윽! 이건 너무 빠르잖아."

처음 한 번 막은 것은 그저 우연일 뿐이었던가. 로이스는 할버드가 이토록 빠를 수도 있다는 사실을 오늘 알았다.

팍! 파악! 파팍!

어느새 로이스의 전신은 피투성이가 되고 말았다. 기를 쓰고 할버드를 휘둘렀지만 그림자의 할버드는 무척이나 교묘하게 로이스의 빈틈을 파고들었기에 도무지 막기가 불가능했다.

휘휘획! 퍽!

"윽! 젠장!"

또 한 대를 맞았다. 옆구리가 파여 나가며 피가 튀었다.

벌써 몇 대째인가.

천만다행히도 치명상은 용케 면하고 있지만 이대로 가다간 결국 땅바닥에 드러눕고 말 것이다. 릴리아나가 그 즉시 소환하겠지만, 한낱 그림자에게 패배해 꽃 침대 신세를 질 수는 없는 일.

계속 얻어맞다 보니 화가 머리끝까지 치솟은 상태였지만 로이스의 눈빛은 차갑도록 가라앉아 있었다.

'그림자 따위에게 질 수는 없잖아. 반드시 저놈을 쓰러 뜨리고 만다.'

그러던 어느 순간. 로이스는 번개처럼 할버드를 휘둘러 그림자의 공격을 쳐 내는 데 성공했다.

카앙!

드디어 막아 냈다.

바로 그때 군주의 목걸이가 빛났다.

[미스토스의 은총이 당신의 노력에 대한 보상을 줍니다.]

[당신은 무기 방어 전술을 각성했습니다.]

[당신의 무기 방어 전술이 1단계가 되었습니다.]

* 무기 방어 전술

—무기로 상대의 공격을 방어하는 능력.

—10단계부터는 방어 성공 시 적에게 반격 피해 를 주며, 단계가 상승할수록 그 위력이 증가함.

"오! 무기 방어 전술?"

로이스의 눈이 반짝였다.

그러면 그렇지. 그림자가 공연히 자신을 공격할 리가 없었다.

뭔가를 알려 주기 위해 나타난 게 분명한 것이다.

그리고 그 뭔가가 바로 무기 방어 전술이었다.

그때부터 로이스는 더욱 신중하게 그림자의 공격을 막아 내기 시작했다. 놀랍게도 무기 방어 전술이 생겨나는 순간부터 로이스는 그림자의 공격을 막아 내기가 수월해졌다.

카앙! 카캉! 푸확!

그래도 여전히 그림자의 모든 공격을 방어하기란 쉽지 않았다. 그래도 기를 쓰고 할버드를 휘두르자.

　　[미스토스의 은총이 당신의 노력에 대한 보상을 줍니다.]
　　[당신의 무기 방어 전술이 2단계가 되었습니다.]

어느 순간 무기 방어 전술이 1단계 상승했다.

　　[당신의 무기 방어 전술이 3단계가 되었습니다.]
　　[당신의 무기 방어 전술이 4단계가 되었습니다.]

그 후로도 계속 단계가 올랐지만 그림자는 공격을 멈추지 않았다.

로이스는 상처들이 주는 고통 따위는 아랑곳하지 않고 무아지경 속에서 할버드를 휘두르며 맞섰다.

"이얏! 하앗! 이야아앗!"

카앙! 카캉!

그림자와의 결투는 밤이 지나고 새벽이 밝아 올 때까지 계속 되었다.

그사이에도 무기 방어 전술의 단계는 계속 올라 어느덧 9단계가 되었다. 뿐만 아니라 할버드 전술도 덩달아 상승해 13단계가 되었다.

그리고 이때부터는 로이스는 그림자가 어떤 공격을 해오든 번개처럼 할버드를 휘둘러 그것을 쳐 내 버렸다.

그러자 그때 다시 나타난 글자들.

[미스토스의 은총이 당신의 노력에 대한 보상을 줍니다.]

[당신의 무기 방어 전술이 10단계가 되었습니다.]

드디어 10단계!

'후후, 또 올랐네.'

어디까지 오르는지 궁금했다. 그 끝이 존재한다면 반드시 그곳까지 오르고 말겠다. 밤을 꼬박 새웠지만 로이스의 두 눈은 여전히 투지로 가득했다.

휙.

그때 그림자가 돌연 뒤쪽으로 훌쩍 물러나더니 할버드를 바닥에 쿵 내리꽂았다.

스윽.

그리고 그림자는 두 손을 모아 앞으로 내밀며 고개를 정중히 숙이는 것이었다. 그것을 본 로이스의 미간이 좁혀졌다.

"뭐냐? 왜 인사를 하는 거지?"

실컷 때려 놓고 이제 와서 그만 싸우자는 건가? 그럴 수는 없지. 로이스는 어림없다는 듯 할버드를 번쩍 들고 달려갔다. 그러나 그림자는 환영처럼 그 자리에서 사라져 버렸다.

"엉? 이놈이 어디로 사라진 거야? 당장 나오지 못해!"

혹시 근처 어딘가 그림자가 숨었을지도 모른다는 생각에 샅샅이 뒤졌지만 보이지 않았다.

그림자는 그렇게 사라져 버린 것이 분명했다.

"젠장!"

로이스는 허탈한 표정으로 바닥에 털썩 주저앉았다. 밤새도록 얻어맞기만 했으니 뭔가 약이 오르긴 했지만, 한편으로는 그림자가 고맙기도 했다.

밤사이 무척이나 강해졌다.

레벨은 상승하지 않았지만 새로운 기술인 무기 방어 전술을 배웠고 그것을 10단계까지 올렸다.

또한 할버드 전술도 13단계!

로이스는 배낭에서 붉은빛의 물약 한 병을 꺼내 마셨다. 이것은 물의 요정 퓨리가 거더드를 포함한 약초들을 배합해 만들어 준 회복약으로 이전에 릴리아나가 대충 만든 거더드 회복수와는 비할 수 없이 뛰어난 약이다.

콸콸! 꿀꺽꿀꺽!

아니나 다를까 물약을 입에 털어 넣자 전신의 상처들이 말끔하게 회복됐다.

하지만 옷과 망토는 너덜너덜 누더기 상태다. 물론 로이스는 그다지 마음 상해하지 않았다.

"이건 라크아쓰 녀석에게 고치라고 하면 될 거야."

새 옷도 슥삭슥삭 만들어 내는데 이 정도도 고치지 못할 리 없으니까.

로이스는 흐뭇하게 웃으며 아시엘의 요새로 귀환했다.

메르카 숲의 심처.

이꼬트의 보호수인 오후스가 위치한 그곳을 둘러싼 검은 안개의 결계.

그것이 일순 세차게 흔들리더니 점차 옅어지기 시작했다.

<u>스스스스.</u>

결계가 사라지고 있는 것이었다. 이는 이꼬트족장 위그느크가 미스토스의 힘으로 봉인한 결계 또한 사라지고 있음을 의미했다.

꼬박 3일 동안 그 안에 갇혀 있는 어둠의 무리들.

그 숫자가 무려 수천이나 되는 마물 군단들이었다.

"크크크크!"

"키키키킥!"

마물들은 결계의 벌어진 틈을 바라보며 사악하게 웃었다. 이제 잠시 후면 이곳을 벗어나 살육의 향연을 벌이게 될 것이란 기대감 때문이었다.

그들의 중심에 우뚝 서 있는 거대한 오우거.

그는 물론 마족 하이칸이었다.

마치 석상처럼 미동도 없이 선 채로 결계의 틈을 노려보고 있는 그의 눈빛은 섬뜩하기 이를 데 없었다.

'으득! 멍청한 놈들! 그깟 인간 놈에게 당하다니.'

그는 비록 결계 안에 있었지만 그의 부하인 리자드맨 두목 쿠라켄이 로이스에게 죽임을 당하고 리자드맨 군단이 궤멸되어 버렸다는 사실을 모두 알고 있었다.

아울러 라크아쓰를 비롯한 네이더들의 배신까지도.

'라크아쓰! 그놈을 그때 그냥 죽여 버려야 했는데.'

그뿐이 아니다. 이꼬트 꼬마들이 가지고 있던 고대 용자의 유물이 숲 바깥에 새로 나타난 용자에게 전해졌다는 사실도 알고 있었다.

그가 갇힌 3일 동안 실로 엄청난 일이 벌어지고 만 것이다.

그러나 하이칸은 조금도 실망하지 않았다. 오히려 가소롭게 느껴질 뿐.

"크큭! 풋내기 용자가 내가 없는 삼 일 동안 잘도 설쳐 댔구나. 하지만 이제 그것도 끝이다."

그사이 결계는 틈이라는 말을 할 필요가 없을 만큼 벌어져 있었고, 그것도 잠시 지나자 결계 자체가 흔적도 없이 사라졌다.

"크카카카카캇! 모두 진격해라. 앞을 가로막는 건 뭐든 다 쓸어버려라!"

"캬캬캬캬!"

"크히히히힛!"

마족 하이칸의 진격 명령! 마물들이 기다렸다는 듯 돌진
했다.

순식간에 숲을 빠져나온 그들은 곧바로 용자 아시엘의
집을 향해 진군했다.

*　　　*　　　*

우르르르루루루!

드드드드드드!

지축을 울리며 다가오는 소리들. 이 순간 아시엘의 요새
는 짙은 긴장감이 감돌았다. 특히 아시엘은 비장한 표정이
었다.

"하이칸과 마물들이 몰려오고 있어요."

"결계가 사라졌으니 그놈은 바로 이곳을 노릴 것입니
다."

집사 타르파 역시 평소와 달리 비장해 보였다.

롱소드를 빼 들고 전방을 노려보는 기사 스위니.

요새의 석벽 위와 가이드 타워에서 긴장한 표정으로 마
물들을 노려보고 있는 100명의 미스토스 용병들.

불과 5명뿐이던 이 미스토스 용병들의 숫자는 그사이 100명으로 늘었다. 이는 고대 용자의 유물인 용자의 팔루다멘툼을 얻는 즉시 아시엘의 명성이 대거 상승했기에 가능한 일.

얼마 전에 비하면 그야말로 비약적으로 상승한 전력이다.

그러나 지금 사방을 시커멓게 물들이며 몰려드는 마물들을 상대하기엔 말 그대로 중과부적.

아무리 미스토스의 힘이 요새를 지켜 준다 해도 과연 며칠이나 버틸 수 있을까?

"크으으! 이제 끝장이구나."

마물들이 몰려오는 모습을 보는 네이더 두목 라크아쓰의 표정은 울상이었다. 오래도록 하이칸의 부하였던 그는 저 마물들의 무서움을 누구보다 잘 알고 있는 터였기 때문이다.

그런데 그때 뭔가가 날아와 그의 머리를 강타했다.

퍽!

"꿰엑!"

로이스가 휘두른 할버드의 창대였다. 로이스는 못마땅한 표정으로 라크아쓰를 노려봤다.

"끝장이라니! 싸움이 시작되기도 전에 그따위 말을 하는 거냐?"

"죄, 죄송합니다."

라크아쓰는 움찔하며 고개를 숙였다. 로이스가 할버드를
바닥에 쿵 찍었다.

"겁먹을 것 없어. 하이칸만 해치우면 저따위 마물들은
모두 흩어져 버리고 말 거야."

"예, 로이스 님."

요새에 있는 모두가 긴장과 불안에 떨고 있었지만 로이
스는 무슨 축제라도 시작되는 듯 흥미진진한 기색이었다.

"옷이랑 망토는?"

"염려 마십시오. 언제든 갈아입으실 수 있도록 준비해
두었습니다요."

싸우다 보면 분명 또 옷이 망가질 것이다. 망토 역시 마
찬가지.

따라서 로이스는 미리 여벌의 옷과 망토를 만들어 두라
고 라크아쓰에게 지시해 둔 터였다.

"케케! 언제든 옷이 망가지면 바로 새 옷을 드릴 테니 염
려 마십시오."

"후후, 너 제법 쓸 만하구나."

"케케! 앞으로 더욱 쓸 만한 부하가 되겠습니다요."

그렇게 로이스가 옷에나 신경을 쓰고 있자 아시엘은 왠

지 어이가 없었다. 그때 그녀와 시선이 마주친 로이스가 두 눈에 힘을 주며 씩 웃었다.

"긴장하지 마. 전쟁을 앞두고 용자가 자신감을 보여 줘야 군사들의 사기가 오르는 거야."

아시엘은 고개를 끄덕였다. 잘 알고 있는 사실이다. 그러나 그녀는 용자로서 이런 큰 전쟁은 처음이다. 아무리 태연한 모습을 보이려 해도 긴장이 되는 것은 어쩔 수 없었다.

곧바로 그녀는 애써 태연한 미소를 지으며 말했다.

"그럼 용자로서 부탁드릴게요, 로이스 님! 마족 하이칸을 꼭 쓰러뜨려 주세요."

"좋아! 그 부탁 정식으로 받아들이지."

사실 아시엘이 부탁하지 않아도 하이칸을 가만두지 않을 것이다. 어차피 로이스가 상급 미스토스 기사가 되기 위해서는 마족 10명을 해치워야 하니까.

Chapter 11
마족 하이칸

　한편 그사이 마물들은 아시엘의 요새 근처까지 접근했다. 그러나 요새의 일정 반경 이내로는 접근하지 못한 채 빙 둘러 포위만 할 뿐이었다.

　그것은 알 수 없는 힘이 그들을 밀어냈기 때문이다.

　물론 그것은 미스토스가 형성한 방어 결계였다.

　활을 쏘면 미칠 수 있는 거리다. 아니, 조금만 달려가도 닿을 수 있는 가까운 거리였지만, 그것은 눈으로만 그렇게 보일 뿐, 실상 마물들과 아시엘의 요새는 가히 무한한 공간의 저편에 놓여 있는 것이나 마찬가지였다.

　다시 말해 미스토스의 결계가 사라지지 않는 한 무슨 수를 써도 마물들은 아시엘의 요새를 공격할 수 없었다.

그러나 그런 상황을 보고도 하이칸은 매우 태연했다.

"크큿, 이런 식으로 미스토스를 소모하면 얼마 버티지 못할 텐데. 역시나 풋내기 용자답게 경험이 미숙하군."

그렇다. 미스토스 방어 결계의 힘은 절대적이지만, 그런 만큼 미스토스가 적지 않게 소모된다. 지금처럼 다수의 적을 막아 내면 미스토스는 그만큼 더 많이 소모될 수밖에 없는 것이다.

하이칸은 그래서 느긋했다. 이대로라면 며칠 가지 않아 용자 아시엘의 미스토스는 바닥이 날 테니까.

곧바로 그는 사악해 보이는 미소를 흘리며 크게 외쳤다.

"용자 아시엘! 감히 나의 보물을 훔쳐 가고도 무사할 줄 알았느냐?"

요새 안에서 그 말을 들은 아시엘이 발끈했다. 그녀 역시 크게 답했다.

"훔쳐 가긴 누가 훔쳐? 그리고 그게 왜 너의 보물이지?"

"그것은 내가 오래도록 노리던 것이니 나의 보물이 맞다. 지금이라도 내게 그 보물을 바치고 충성을 맹세하면 특별히 죽이지 않고 살려 줄 수도 있는데 어때?"

"흥! 어림없는 소리. 용자인 내가 너 따위 마족을 두려워할 것 같으냐?"

아시엘은 마족 하이칸의 무시무시한 기세 앞에서도 기죽지 않고 당당하게 외쳤다. 사실 속으로는 떨려 죽을 지경이었지만.

'저 오우거가 바로 하이칸이구나. 정말 무섭게 생겼네.'

그런 아시엘의 당찬 태도를 보며 로이스가 고개를 끄덕였다.

"잘하고 있어. 바로 그거야. 앞으로도 계속 그런 식으로 하면 돼. 저따위 놈들에게 절대 기죽지 마."

"고마워요."

"고맙긴. 그럼 난 나가 볼게."

로이스는 요새의 문 쪽으로 향했다. 아시엘의 눈이 커졌다.

"밖에 나가려고요?"

"이대로 시간만 끌어 봤자 우리가 불리해질 뿐이야. 최대한 빨리 하이칸 저놈을 해치워야 해."

사실 진작 나가려 했지만 잠시 상황을 지켜봤을 뿐이다. 하이칸을 해치우는 것도 중요하지만 그사이 아시엘의 요새가 무너져 버리면 곤란하니까.

그런데 지금 보니 그런 걱정은 할 필요가 없었다. 마물들이 일정 반경 안으로 접근하지 못하기 때문이다.

로이스는 그것이 바로 아시엘에게 있는 미스토스의 힘

때문임을 짐작했다. 따라서 그 미스토스가 다 떨어지고 나면 요새는 마물들에게 금세 무너져 버릴 것도 알았다.

"혼자는 위험하니 미스토스 용병들과 함께 가는 게 좋겠어요."

"걱정해 주는 건 고맙지만 난 혼자가 편해."

그것은 사실이었다. 수천의 적들과 싸우는 상황이지만 오히려 아군이 있으면 그들을 신경 써야 해서 로이스가 제대로 된 실력을 발휘할 수 없었다.

그러나 혼자라면 눈앞에 거치적거리는 모든 것을 다 쓸어버려도 되니, 그것이야말로 로이스가 가장 선호하는 전투 방식이었다.

"건투를 빌게요, 로이스 님!"

"부디 무사히 돌아오세요!"

"조심하세요, 로이스 님!"

스위니와 타르파, 그리고 아린과 디안도 모두 걱정스레 마중 나왔다.

로이스는 손을 흔들었다.

"난 신경 쓰지 말고 요새나 잘 지켜."

그 말을 끝으로 로이스는 요새의 문을 열고 밖으로 걸어 나갔다.

저벅 저벅.

밖에서는 안으로 들어올 수 없지만, 안에서는 자유롭게 나갈 수 있다. 로이스는 마치 소풍이라도 나온 것처럼 느긋한 표정으로 전방을 향해 걸었다.

"저기 한 놈이 나오는데요?"

"누군가 걸어 나옵니다, 로드!"

마물들은 가소롭다는 듯 로이스를 쳐다봤다. 그러다 로이스가 점차 그들과 가까워지는 순간 여유롭던 그들의 얼굴이 서서히 굳어지기 시작했다.

이유를 알 수 없는 공포.

불과 한 명이 걸어 나오고 있을 뿐인데, 그가 가까워지자 마물들 중 일부가 슬금슬금 뒷걸음질 쳤다.

그것은 로이스의 몸에서 마치 파동처럼 퍼져 나가는 포식자의 위압 때문이었다.

리자드맨 학살자 칭호를 얻으며 2단계로 상승한 포식자의 위압!

그것은 마물들에게도 공포를 주기에 충분했다. 특히 하급 마물들은 마치 천적이 다가오기라도 한 것처럼 전의를 상실해 버렸다.

어느새 로이스가 미스토스의 방어 결계 영역을 벗어났지만 그런 그를 향해 달려드는 마물은 하나도 없을 정도였다.

그가 서 있는 주위 수십여 로빗이 텅 비어 버렸고, 마물들은 저 멀리서 불안함이 가득한 표정으로 떨고 있었다.

그러자 하이칸이 눈살을 살짝 찌푸렸다.

"저 쓸모없는 놈들 같으니! 고작 인간 한 놈이 무서워 떠는 건가?"

곧바로 그는 손을 슥 휘저었다.

콰르르르!

순간 상공에 거대한 흑색의 구름이 모여들더니 곧이어 시커먼 안개가 마물들을 뒤덮었다.

그것은 다름 아닌 마기(魔氣)였다.

마기에 휩싸인 순간 로이스를 보고 두려워 떨던 마물들의 눈빛이 확 달라졌다. 순식간에 본래의 투지를 회복한 것이다.

"크크크크!"

"키키킥!"

그들은 당장이라도 로이스에게 덤벼들 듯 흉포한 기세를 뿜어냈다.

하나의 먹이를 두고 수천 마리의 맹수들이 침을 흘리고 있는 듯한 장면. 만약 누군가 그 먹잇감의 입장이 된다면 차라리 기절해 버리는 것이 속 편할 것이다.

그러나 로이스는 눈 하나 깜빡하지 않았다. 오히려 그의 입가에는 짙은 조소가 피어났다.

"귀찮게 하나씩 오지 말고 한꺼번에 다 덤벼."

로이스는 할버드를 바닥에 쿵 찍으며 다른 한 손으로 마물들을 도발했다.

그러자 마물들이 힐끗 하이칸을 쳐다봤다. 하이칸이 고개를 끄덕였다.

"누가 나가서 저놈을 쓰러뜨려 보겠느냐?"

하이칸은 이 상황이 매우 흥미로웠다. 그렇지 않아도 용자의 미스토스가 떨어질 때까지 무작정 대기하고 있어야하는 것이 무료하던 참이었기 때문이다.

그는 이런 흥미로운 상황을 최대한 즐기고 싶었다. 너무쉽게 장난감을 죽여 버리면 다시 또 무료해질 테니까.

"저에게 맡겨 주십시오, 로드."

그때 기다렸다는 듯 오우거 하나가 나섰다.

하이칸과 같은 오우거의 형상. 그러나 하이칸은 마족인데 반해 지금 나선 오우거는 진짜 오우거였다.

신장은 3로빗(m). 우람한 근육질에 갈고리 같은 두 눈을 가진 괴력의 몬스터.

지상 몬스터로는 가히 최강의 전투력을 자랑한다는 바로그 오우거다.

"좋아. 네가 저 인간 녀석을 쓰러뜨리면 백부장이 되게해 주지."

오우거는 마물 군단 돌격 부대 소속 십부장 중 하나다. 그런 그에게 백부장이 될 길이 열린 것이다.

"쿠하하하핫! 맡겨 주십시오, 로드!"

오우거는 이미 자신이 백부장이 되리라 확신했는지 의기양양한 표정으로 크게 외쳤다. 그러고는 로이스를 향해 바람처럼 달려갔다.

양손에 쥐고 있는 두 자루의 거대한 도끼들.

괴력을 가진 인간 전사라 해도 양손으로 간신히 들 수 있는 배틀 엑스를 한 손에 하나씩 쥔 채 돌주하는 오우거의 모습은 가히 지옥의 악귀 같았다.

"쿠오오오오오오! 건방진 인간 놈! 뭉개 주마."

오우거는 로이스의 지척에 이르러서 커다란 포효를 한 번 날렸다. 그러고는 로이스의 머리를 단번에 쪼개 버릴 듯 힘차게 배틀 엑스를 내리쳤다.

쒸잉!

슬쩍.

그런데 로이스는 너무도 가볍게 그 공격을 피해 버렸다. 이에 흠칫 놀라 오우거가 반대편 배틀 엑스를 다시 내리쳤다.

슬쩍.

그러나 이번에도 마찬가지. 로이스는 최소한의 움직임으

로 도끼를 피했다.

"크아아아아! 감히! 뒈져랏!"

이에 격분한 오우거가 두 자루의 배틀 엑스를 마치 폭풍처럼 번갈아 가며 내리치기 시작했다.

쌩! 쒸잉! 쌩쌩쌩쌩!

얼마나 빠르게 내리치는지 멀리서 보기에는 마치 수십 자루의 도끼가 움직이는 것처럼 보였다.

저 앞에 거대한 바위가 있었다 해도 지금쯤 가루로 변했을 것이다.

그러나 그런 오우거의 가공스러운 공격을 로이스는 여전히 산보라도 하듯 가볍게 움직여 피했다. 그러다 휙 한 번할버드를 휘둘렀다.

"다했냐? 그럼 이젠 내 차례군."

퍽―

"쿠어어어억!"

어디를 어떻게 맞았는지 오우거의 머리가 몸체에서 사라져 버렸다. 그것이 끝이었다.

쿠웅!

머리가 사라진 오우거의 몸체가 뒤로 맥없이 넘어갔다.

"고작 이거냐?"

로이스는 바닥에 널브러져 버둥거리는 오우거의 몸체를

할버드로 찍어 마물들을 향해 날렸다.

휘익—

마물들이 움찔하며 피했다.

쿠웅!

오우거의 거대한 몸체가 바닥에 떨어지며 지축을 울렸다. 그런데 마물들이 흩어진 그 자리에서 피하지 않은 채 우뚝 서 있는 한 존재가 있었으니.

그것의 몸체는 무려 7로빗도 넘어 보였다.

하늘을 뚫을 듯 치솟은 두 개의 뾰족한 뿔.

소의 머리에 거인의 몸체를 가진 괴수!

미노타우루스였다.

보통의 미노타우루스보다 무려 2배는 더 거대한 신장. 그것의 두 눈은 섬뜩한 핏빛으로 번뜩였다. 로이스가 싸늘히 웃었다.

"덤벼라. 적어도 너 정도는 돼야 싸울 만하지."

로이스는 한눈에 그 미노타우루스가 보통의 마물이 아니란 사실을 알아봤기에 도발한 것이었다.

그러자 미노타우루스가 힐끗 고개를 돌려 하이칸이 있는 쪽을 바라봤다. 순간 하이칸이 묘한 표정을 지었다.

'킷!'

그는 어이가 없었다. 지금 로이스가 도발한 미노타우루

스는 마물 군단의 천부장인 카젤이다.

마물이 아닌 하급 마족인 만큼 그 전투력은 하이칸을 제외하고는 가장 강했다. 죽은 플리게가 마법사형 마족인데 반해, 카젤은 전사형 마족!

순수한 전투력으로 따진다면 플리게보다 카젤이 한 수 위다.

로이스가 그런 카젤을 향해 싸우자고 덤비고 있으니 하이칸의 입에서 실소가 나오지 않을 수 없었다.

"도전을 받았으면 당연히 응전해 줘야지. 저 건방진 인간 놈을 최대한 잔인하게 죽여라, 카젤!"

"명을 받듭니다, 로드."

곧바로 로이스를 노려보는 카젤의 입가에 비릿한 미소가 피어났다. 그는 가히 5로빗은 됨직한 거대한 대검을 쥐고 성큼성큼 걸어왔다.

"어디 한 번 재롱을 떨어 봐라, 인간 놈."

그러자 로이스의 인상이 험상궂게 변했다. 카젤이 자신을 무시하고 있음을 느꼈기 때문이다.

"재롱이라고? 좋아. 원한다면 재롱을 보여 주지."

로이스의 할버드가 공간을 갈랐다.

번쩍!

마치 번개가 치는 것처럼 빠른 동작! 카젤은 흠칫 놀라며 대검을 올려 막았다.

콰아앙!

귀를 찢는 듯한 폭음이 울리며 카젤이 한 발 뒤로 물러났다.

"크으?!"

그 순간 카젤뿐만 아니라 둘의 결투를 지켜보던 마물들, 그리고 하이칸까지 깜짝 놀랐다.

다른 건 몰라도 순수한 힘만 따진다면 하이칸도 카젤을 이길 수 없다. 그런 괴력의 카젤을 물러나게 만들 줄이야.

비록 한 걸음이었지만 그것만으로도 모두를 경악하게 만들기 충분했다.

"어때? 내 재롱이 재미있냐?"

"크크! 제법이다만 그래 봤자 소용없다."

"그럼 어디 계속 받아 봐."

로이스는 쉬지 않고 공격을 퍼붓기 시작했다.

콰앙! 콰콰앙!

한 번씩 격돌할 때마다 카젤이 계속 뒤로 밀렸다.

붉은 오러로 휩싸인 할버드!

비로소 카젤은 할버드에 파괴의 마력석이 부착되어 있음을 간파했다.

"으드득! 그리고 보니 마력석을 부착했군. 도저히 용서

할 수 없다!"

마족 플리게가 가졌던 힘이 저 할버드에 깃들어져 있음을 알게 된 카젤은 크게 분노했다. 그때부터 그의 핏빛 대검이 미친 듯 공간을 갈랐다.

쒜액! 쒜에엑!

대검이 번쩍일 때마다 거친 폭풍이 몰아쳤다. 대검이 지나간 공간은 갈기갈기 찢겨 나갔다.

카캉! 쿠콰앙!

로이스는 할버드의 창대를 교묘하게 움직이며 대검을 막았다. 어제 터득한 무기 방어 전술 덕분인지 카젤의 대검을 막아 내는 건 그리 어렵지 않았다.

또한 10단계에 이른 무기 방어 전술로 인해 방어 성공 시마다 되려 카젤에게 강력한 충격이 엄습했다.

로이스의 공격에 맞지도 않았는데 카젤의 팔뚝이 피투성이로 변했고 계속해서 몸체 곳곳에 크고 작은 상처들이 생겨났다.

'이게 어찌 된 일이냐?'

공격은 자신이 하고 있는데 왜 상처가 생겨나는지 카젤은 알 수 없었다. 더욱 화가 나는 건 로이스에게 그 어떤 공격도 먹히지 않는다는 것!

팍! 파악!

그 와중에도 카젤의 몸에는 계속 새로운 상처들이 생겨났다. 그것을 본 로이스는 회심의 미소를 지었다.

'이런 식이면 방어만 해도 녀석을 쓰러뜨릴 수 있겠는걸.'

물론 카젤이 입은 상처는 겉으로 보기에만 심해 보일 뿐 실제는 별거 아니다. 저런 상처들이 누적되어 치명상을 입을 정도가 되려면 한나절은 이 짓을 반복하고 있어야 할 상황.

당연히 그런 식의 전투는 로이스의 적성에 맞지 않았다.

"이제 이런 싸움은 지겨우니 그만 끝내자."

푹! 푸확!

대검을 막아 내기만 하던 로이스의 할버드가 빛살처럼 움직이며 카젤의 몸을 가격했다. 카젤이 대검을 휘둘러 막아 냈지만 할버드는 빈틈을 파고들어 카젤의 몸을 유린했다.

서걱! 촤아악!

"커어억!"

카젤이 비틀거렸다. 이는 로이스가 단순히 가진 무기만 강력한 것이 아니라 순수한 전투력에 있어서도 카젤을 능가함을 의미했다.

'이놈은 덩치만 클 뿐 플리게란 놈에 비해 별것 아니군.'

로이스는 왠지 싱겁게 느껴졌다. 그러나 사실 카젤은 플리게보다 훨씬 강한 마족이었다.

그런데도 카젤이 더 약하게 느껴지는 이유는, 로이스가 플리게와 싸운 후 레벨이 3단계나 상승했기 때문이다.

또한 플리게는 마법사형 마족이었다는 것. 즉, 마법을 잘 모르는 로이스에게는 카젤보다 플리게와 같은 존재가 더 상대하기 까다로웠다.

"그만 죽어라."

수천의 마물들이 우글거리고 있는 지금 카젤과 더 실랑이를 벌일 만한 여유는 없었다. 로이스의 두 눈이 차갑게 번뜩이는 순간 카젤의 몸을 유린하던 할버드가 그의 가슴을 사정없이 갈라 버렸다.

콰아앙!

그 순간 카젤의 가슴에서 폭음이 일었다. 이는 카젤이 가진 마기의 근원인 심장이 박살 나는 소리였다.

"크으으윽! 이, 이럴 수가……."

카젤은 서서히 가루로 변해 흩어지는 자신의 신체를 내려다보며 허탈해하는 표정을 지었다.

그래도 명색이 마족인 자신이 한낱 인간에게 죽임을 당하는 이 상황을 도저히 받아들일 수 없었다.

파스스스.

그러나 카젤이 이 상황을 받아들이건 받아들이지 않건
그런 건 아무런 의미가 없었다. 심장이 박살 난 그의 몸체
의 대부분이 가루로 변해 흩어져 버렸고, 그 아래는 흑색의
반짝이는 구슬 하나만 놓여 있었다.

스윽.

로이스는 잽싸게 그것을 주워 들었다.

[미스토스의 은총이 당신의 노력에 대한 보상을
줍니다.]

[당신의 레벨이 올랐습니다.]

[당신의 레벨이 올랐습니다.]

[최대 맷집과 최대 미흐가 대폭 증가했습니다.]

레벨이 33에서 35로 무려 두 단계나 상승!

그뿐이 아니다.

[봉인된 마력의 구슬을 얻었습니다.]

* 봉인된 마력의 구슬

－등급 : 전설

－마족의 특별한 능력이 응축되어 있는 구슬. 봉

인되어 있어 그 능력을 알 수 없음.

"뭐야? 이 녀석 마족이었던 거냐?"

구슬에 나타난 설명을 보고 로이스는 잠시 멍해졌다. 마물치고는 제법 강하다 했더니 마족이었다니.

그렇다면 이로써 두 명의 마족을 해치웠다.

앞으로 8명의 마족만 더 해치우면 상급 미스토스 기사가 될 수 있으리라.

'어쨌든 이러고 있을 때가 아니야.'

로이스는 마족을 해치운 기쁨은 잠시 묻어 두고 인근의 마물들을 향해 돌진했다. 마족 카젤이 죽어 충격에 잠겨 있는 마물들에게 더욱 공포심을 주기 위함이었다.

"사악한 마물들! 모조리 죽여 주마."

퍽! 퍼퍼퍽!

할버드의 창날이 번쩍일 때마다 마물들의 머리가 터지고 몸체가 찢겨 나갔다.

"크아아악!"

"아아악!"

마물들은 감히 저항할 생각도 못한 채 도주하기 바빴다. 하이칸이 소환한 마기의 구름이 상공에 위치하고 있었지만 지금 상황에서는 그 또한 별 위력을 발휘하지 못했다.

그런 상황을 목격한 하이칸은 잡아먹을 듯 사나운 눈빛으로 로이스를 노려봤다.

　'저 녀석 제법 위험하군.'

　수천의 마물 앞에 단신으로 나타나 기세를 제압하는 것도 모자라, 마물 군단 최강의 전사라 할 수 있는 카젤을 해치워 버렸다.

　이대로라면 마물들은 단 한 명에게 궤멸당하고 말 것이다.

　물론 그렇다 해도 하이칸의 표정에는 여전히 느긋함이 사라지지 않았다.

　그는 로이스에게 죽은 플리게나 카젤과 같은 하급 마족과는 차원이 다른 존재니까.

　스스슥!

　거대한 오우거의 형상인 하이칸의 신형이 그 자리에서 환영처럼 사라지더니 로이스의 앞에 나타났다. 동시에 그의 손가락에서 광선과 같은 빛줄기가 뻗어 나왔다.

　푹!

　그 광선은 로이스의 왼 팔뚝을 그대로 뚫고 지나갔다. 너무도 순식간에 벌어진 일이라 로이스는 미처 피하지 못했다.

　"으윽!"

뚫린 팔뚝에서 핏줄기가 튀었다. 이에 놀랄 틈도 없이 다시 날아든 핏빛 광선!

푹! 푸확!

로이스의 옆구리와 허벅지가 파여 나갔다. 광선이지만 마치 날카로운 단검과 같은 상처가 생겨나는 것이 특이했다.

"뭐냐, 넌?"

로이스는 하이칸을 노려봤다. 그러자 하이칸이 섬뜩하도록 차가운 미소를 흘리며 그 자리에서 사라졌다.

퍽! 퍼퍼퍽!

우득! 우드드득!

어디서 날아오는 공격인 것일까? 로이스는 정체불명의 거대한 해머와 같은 것이 전신을 강타한다 느꼈다. 머리가 깨지고 왼쪽 어깨는 탈골되었다. 연달아 생겨난 여러 개의 상처들. 로이스의 전신은 금세 시뻘건 핏물로 범벅이 되어 버렸다.

"쿠쿠쿠쿠!"

비틀거리며 뒷걸음질 치는 로이스의 앞에 오우거가 모습을 드러냈다.

물론 그 오우거는 하이칸이었다. 그는 가소롭다는 듯 한쪽 입꼬리를 씰룩였다.

"나까지 나서게 하다니 제법이로군."

"네가 하이칸이냐?"

"그렇다."

"후후, 그래?"

전신이 엉망으로 망가져 버렸지만 로이스는 그다지 당황한 표정이 아니었다.

겉보기에 심하게 다친 것처럼 보일 뿐 아직 치명상을 입은 건 아니었으니까.

우득!

곧바로 로이스는 탈골된 한쪽 어깨를 스스로 바로잡았다. 그러고는 하이칸을 향해 할버드를 겨눴다.

"각오해. 오늘이 네가 죽는 날이니까."

만신창이 상태인 로이스의 입에서 나온 말에 하이칸은 기막힌 듯 다시 조소를 흘렸다.

"내가 할 말을 네가 하는구나, 인간."

그 말과 함께 하이칸은 손을 슥 휘저었다. 그러자 그를 중심으로 시커먼 안개가 피어나 주위를 휘돌았다.

휘이이이—

안개가 휘돌고 있다니. 뭔가 심상치 않다는 생각에 로이스는 재빨리 빠져나가려 했지만 알 수 없는 무형의 벽이 그를 가로막았다. 하이칸이 크게 웃었다.

"이곳은 너와 나 둘 중의 하나가 죽기 전에는 풀리지 않는 결계다. 나가고 싶다면 나를 죽여야 할 것이다. 크카카 카카캇!"

"……!"

로이스의 안색이 굳었다. 뭔가 이상한 안개라는 생각은 했지만 설마 그것이 결계의 일종일 줄이야.

"이제 너와 난 다른 이들에게는 보이지 않는다. 하지만 우리는 저쪽을 볼 수 있지. 네놈은 이곳에서 네가 선택한 용자와 그 동료들이 처참하게 죽는 모습을 지켜보게 될 것이다."

"그럴 일은 없어."

"그럴지 아닐지는 두고 보면 알게 되겠지. 물론 그전에 넌 지옥을 경험하게 되겠지만 말이야."

하이칸의 눈빛이 섬뜩하도록 차갑게 빛났다.

"일단은 네놈의 사지를 다 뜯어내겠다. 그 후에는 한쪽 눈알을 빼고 귀와 코는 뭉개 버릴 것이다. 물론 한쪽 눈알만 빼는 이유는 남은 한쪽 눈으로 네 동료들이 처참히 당하는 모습을 보게 해 주려는 배려라 할 수 있지."

하이칸은 뭐라 계속 주절거리며 다가왔다. 로이스는 시큰둥한 표정으로 대꾸했다.

"말은 그럴싸하군. 하지만 싸움은 말로 하는 게 아니

지."

로이스는 할버드를 세차게 휘둘렀다.

휙!

그러나 하이칸은 그것을 가볍게 피해 버렸다. 그러고는 허리춤에서 큼직한 메이스 하나를 풀어 들더니 비릿하게 웃었다.

"난 카젤과 다르다. 네놈은 이제 그것을 보게 될 것이다."

곧바로 들이닥치는 메이스의 공세는 마치 번개가 내리치는 듯했다.

콰릉! 쾅! 퍼억!

"윽!"

놀랍게도 무기 방어 전술도 통하지 않았다. 막아도 엄청난 충격이 느껴졌고 막지 않은 곳은 무참히 터져 나갔다.

예측불허의 공격!

콰르릉! 콰쾅!

망망한 대해에서 폭풍을 만났을 때 이런 심정일까?

어디서 날아들지 모르는 섬뜩한 메이스의 공격에 로이스는 진땀을 흘렸다.

하이칸의 팔은 쭉 늘어나기도 했고 갑자기 등 뒤에서 또하나의 팔이 생겨나기도 했다. 그 모든 손들마다 핏빛의 메이스가 들려 있었고, 그것들이 제각기 살아 있는 생명체처럼 로이스를 노렸다.

퍽! 퍽! 퍽!

그러다 보니 로이스는 정신없이 얻어맞았다.

시퍼렇게 멍들다 못해 퉁퉁 부어 버린 얼굴. 그것은 너무도 처참했다. 로이스의 얼굴이 본래 어떤 모습이었는지도 알 수 없을 정도였다.

그뿐인가? 너덜거리다 못해 찢겨져 나가 버린 옷과 망토!

옷은 약간의 천 조각만 남아 하체를 간신히 가리고 있을 뿐 그는 나체나 다름없었다. 그렇게 드러난 몸의 어느 한 곳도 성한 곳이 없이 온통 피투성이였다. 하이칸의 공격에 무참히 당해 무슨 고깃덩이처럼 변해 버린 것이다.

"각오해라, 인간 놈. 이제 네놈의 사지를 하나씩 찢어내줄 테니까."

섬뜩하게 빛나는 하이칸의 두 눈을 마주하면 누구라도 공포에 질리고 말 것이다. 그러나 로이스는 코웃음 쳤다.

"그게 네 마음대로 될 것 같냐?"

"크큭! 네놈! 아직도 입이 살아 있구나. 일단 그 입부터 찢어 주마."

그런데 그때였다. 로이스가 돌연 할버드를 바닥에 쾅 내

던져 버렸다.

"웬만하면 이걸 들고 하려고 했는데 더 이상은 안 되겠군."

그러자 하이칸이 크게 웃었다.

"무기를 버리다니. 더 이상 저항을 포기한 거냐? 벌써 이러면 재미가 없잖아."

"재미는 무슨. 이제부터가 진짜 시작이거든, 새꺄."

두 주먹을 말아 쥔 로이스의 눈빛에서 마치 뇌전과 같은 시퍼런 빛이 번쩍였다. 동시에 그의 전신에서 숨 막힐 듯 강렬한 기세가 뿜어져 나왔다.

'뭐, 뭐냐? 저 녀석은?'

하이칸은 흠칫 놀랐다. 어떻게 무기가 사라졌는데 오히려 더 강한 기운이 느껴지는 것일까? 그야말로 기괴한 일이 아닐 수 없었다.

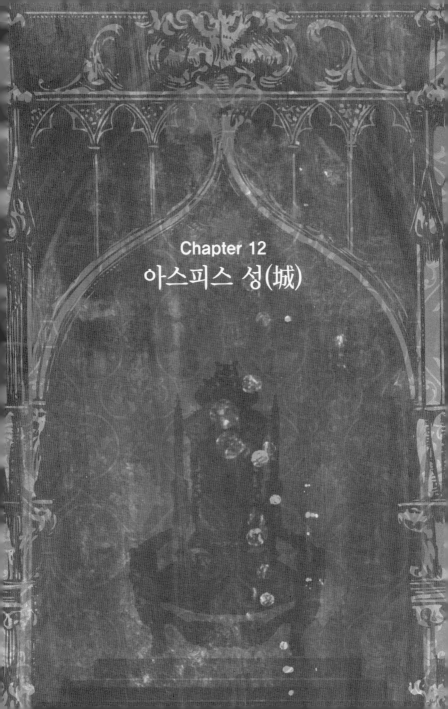

Chapter 12
아스피스 성(城)

맨손의 로이스로부터 풍겨 나는 가공스러운 기세!

그것은 하이칸을 일순 당혹케 했다.

그러나 그가 어찌 짐작할 수 있겠는가. 로이스는 맨손일 때가 가장 강하다는 사실을.

물론 언젠가 로이스의 무기 전술 단계가 끝없이 상승한다면 상황이 바뀔 수도 있겠지만, 적어도 지금은 아니었다.

로이스도 그것을 절절하게 실감했다.

마족 카젤까지는 13단계에 이른 할버드 전술로 어렵지 않게 해치웠는데, 하이칸에게는 그것이 통하지 않았다.

그럼에도 로이스는 고집스럽게 할버드로 상대해 봤다.

결과는 죽도록 얻어맞아 괴물처럼 변해 버린 지금의 모습이었다.

'젠장, 이 꼴을 아시엘이나 릴리아나가 보면 놀라 까무러치겠군.'

이 결계 안에서는 밖을 볼 수 있지만, 밖에서는 안을 볼 수 없다는 게 그나마 다행이었다. 로이스는 이런 볼썽사나운 모습을 다른 이들에게 보여 주고 싶지 않았기 때문이다.

그때 하이칸이 메이스를 번쩍 쳐들며 다가왔다.

"크큭! 설마 무기도 없이 맨손으로 나를 상대할 수 있다 생각하는 건가? 하도 맞더니 돌기라도 한 거냐?"

그는 아주 잠깐이지만 로이스로부터 뿜어져 나오는 심상치 않은 기세에 놀라긴 했다. 그러나 아무리 생각해 봐도 자신이 놀라야 하는 근거가 없었다.

상대는 맨손이다. 무기가 있었을 때도 상대가 되지 않았는데, 맨손이라면 말할 것도 없었다.

"크큭! 각오해라. 네놈의 입을 찢고 혓바닥을 뽑아 두 번 다시 헛소리를 못하게…… 킥!"

하이칸은 말을 마치지 못했다. 로이스의 주먹이 그의 입을 후려갈겼기 때문이다.

퍼퍽!

연거푸 작렬하는 로이스의 양 주먹이 하이칸의 입을 완

전히 뭉개 버렸다.

"크, 크어어어!?"

하이칸은 혼란스러운 표정으로 비틀거렸다. 찢어진 입에서 엄습하는 고통보다 대체 지금 무슨 일이 벌어졌는지 이해할 수가 없었기 때문이다.

그러나 그가 이해할 수 있건 없건 현실은 변하지 않았다. 로이스의 움직임은 할버드를 휘두를 때보다 몇 배는 더 쾌속했고 그의 주먹은 말 그대로 번개와 같았다.

팍! 퍼억—

결투의 상황이 아까와는 완전히 반대로 되었달까? 로이스의 공격에 하이칸은 일방적으로 얻어맞기만 했다.

급기야 하이칸의 얼굴도 이목구비를 구분하기 힘들 정도로 부어올랐고 커다란 몸체도 온통 만신창이 상태로 변했다.

퉁퉁 부어오른 오우거의 모습은 기괴하다 못해 우스꽝스럽기까지 했다.

"크으으흐흐흐!"

급기야 하이칸의 입에서 알 수 없는 괴성이 나왔다. 동시에 그의 두 눈이 핏빛으로 번쩍였다.

츠츠츠츠.

곧바로 검붉은 오러가 하이칸의 신체를 뒤덮는다 싶은 순간 그의 모습은 본래의 말끔한 상태로 돌아왔다.

찢어진 입도 물론 복원되었다.

그걸 본 로이스의 인상이 구겨졌다. 그는 여전히 처참한 몰골이었기 때문이다.

"치사한 녀석! 회복 마법을 쓴 거냐?"

그렇다면 로이스도 질 수 없었다. 회복 마법을 펼칠 수는 없어도 쓸 만한 회복약이라면 잔뜩 있으니 말이다.

그러나 문제는 그 회복약들이 모두 배낭에 들어 있었다는 것. 그리고 더 큰 문제는 그 배낭이 아까 하이칸의 공격에 갈기갈기 찢겨졌고, 그 와중에 회복약들도 다 박살이 난 상태라는 것이다.

결국 로이스는 이 꼴로 계속 있을 수밖에 없음을 인정해야 했다. 뭔가 억울하긴 했지만 어쩔 수 없다. 물론 하이칸을 해치우면 레벨이 상승하며 모든 상처가 회복될 것이다.

"이번엔 다시 회복하지 못하게 심장을 부숴 주지."

그러자 하이칸이 어림없다는 듯 싸늘히 조소를 날렸다.

"처음엔 멋모르고 당했지만 두 번 다시 그런 요행은 없다."

"그거야 이제 보면 알겠지."

"그보다 네놈은 맨손으로 싸울 때 훨씬 강한 것 같은데 왜 할버드를 든 것이냐?"

이는 하이칸으로서는 당연히 드는 의문이었다. 그로서는

상식적으로 이해할 수 없는 행동이었으니까.

"알 것 없어."

로이스는 그 이유를 말하지 않았다. 왠지 맨손은 무식해 보이고, 할버드를 들면 멋있게 보일 것 같아서 그랬다는 걸 굳이 얘기해 줄 필요가 없어서다.

"이제 완전히 박살을 내 주마, 마족!"

곧바로 다시 로이스의 공격이 시작됐다. 하이칸은 신중하게 로이스의 공격을 방어했다.

휙휙! 쒱! 쒸잉!

아까는 전혀 피하지 못하고 맞기만 했었는데, 이번에는 메이스를 휘두르며 제법 잘 버텨 냈다.

그러나 그것은 아주 잠깐이었을 뿐.

퍽!

번개가 치듯 순식간에 쇄도한 로이스의 주먹이 하이칸의 입을 박살 냈다. 하이칸의 거대한 덩치가 비틀거리는 순간 로이스의 주먹과 발이 무자비하게 그를 후려갈겼다.

"죽어! 이 사악한 마족 놈아!"

"커억! 꿰에엑!"

이내 상황은 아까와 동일하게 변했다. 하이칸의 모습은 다시 만신창이 상태가 되고 말았다.

"크, 크어어어!"

그러나 하이칸의 생존력은 불가사의했으니!

전신이 고깃덩이로 변하는 순간에도 심장만은 보호했고, 그로 인해 어느새 본래의 말끔한 상태로 복원되었다.

"또 회복된 건가? 그래 봤자 달라질 건 없어."

로이스는 투덜거리며 다시 하이칸을 공격했다. 하이칸은 거칠게 저항했지만 결국 다시 예의 만신창이 상태로 널브러졌다.

그러다 다시 만신창이, 회복, 묵사발, 회복, 고깃덩이, 회복……, 그러기를 수십여 번.

로이스도 어느덧 지쳐 있었고, 하이칸 역시 마찬가지였다. 물론 그의 육체는 멀쩡했지만 로이스의 무식한 전투력 앞에 정신적으로 피폐해져 있었던 것이다.

그러던 일순 하이칸의 두 눈이 번쩍였다.

"이번에는 쉽지 않을 것이다, 인간 놈!"

수십 번의 패배를 경험하고서야 하이칸은 로이스와 지금처럼 근접 전투를 벌여서는 승리하기란 불가능함을 깨달았다.

맨손의 로이스는 가히 무적에 가까웠기 때문이다.

그러나 마법이라면?

곧바로 그는 강력한 공격 마법을 펼치며 로이스를 압박했다.

화르르르!

하이칸의 손에서 거대한 유황불이 생성되어 로이스를 노렸다. 급하게 펼친 마법이지만 결코 무시할 수 없는 위력을 가진 브림스톤 파이어!

"뭐야! 마법이냐?"

로이스는 인상을 찌푸리며 하이칸의 유황불을 피했다. 그러나 유황불은 끝까지 로이스를 따라붙었다. 결국 그것은 로이스의 몸에 적중, 폭발했다.

콰아아앙!

화르르르르—

시뻘겋게 타오르는 거대한 불꽃. 그 안에서 신음하고 있는 로이스는 숯덩이처럼 검게 변해 있었다.

그러나 로이스의 생존력 역시 하이칸 못지않았다.

그 와중에도 불꽃들을 몸에서 다 털어 내고 튀어나와 주먹을 휘둘렀다.

"제길! 뜨거워 죽겠네! 용서 못해! 죽엇!"

퍽! 퍼억!

"쿠어어어!"

하이칸의 안면이 다시 뭉개졌다. 오늘 대체 몇 번째 그의 얼굴이 뭉개지는 것일까?

그러나 지금은 그게 문제가 아니었다. 로이스가 작정하고 노린 일격! 그의 오른손이 수도(手刀)의 형태로 변해 마치 칼처럼 하이칸의 가슴을 파고들었다.

푹! 우지지직!

그리고 그것이 끝이었다. 하이칸의 심장을 움켜쥔 로이스는 그것을 단번에 박살 내 버렸다.

콰아아앙!

하이칸의 내부에서 거대한 폭음이 울렸다.

"크으으윽! 이, 이건 말도 안 돼……!"

심장이 부서진 터라 그는 더 이상 신체 복원이 불가능했다. 마기가 흩어지며 그의 남아 있던 신체도 가루로 변하기 시작했다.

그 모습을 시커먼 숯덩이 형상의 인간 로이스가 싸늘히 내려다봤다.

"잘 가라, 이 징그러운 놈!"

징그럽다. 그것은 로이스의 진심이었다. 하이칸처럼 질긴 생존력을 가진 마족과는 두 번 다시 상종하고 싶지 않을 정도였다.

그보다 대체 얼마의 시간이 지난 것일까?

하이칸이 만든 이 결계 속에서 전투에 몰두하다 보니 시간의 흐름도 잊었다. 또한 바깥 상황이 어찌 되든 신경도 쓰지 않았다.

그런데 지금 보니 마물들이 아시엘의 요새로 몰려 들어

가 용병들과 치열한 전투를 벌이고 있었으니.

설마 그사이 요새를 지켜 주는 미스토스가 다 소모되어 버렸다는 건가?

어쨌든 딱 봐도 매우 위태로운 상황이었다.

당장 나가서 도와주고 싶었지만 아직 밖으로 나갈 수 없었다. 하이칸이 완전히 죽어야 이 결계가 사라지기 때문이다.

이미 몸의 반쪽이 가루로 변한 상태인데도 하이칸은 죽지 않고 살아 있었다. 물론 살았다기보다 죽어 가고 있다는 게 정확했다.

"크크크! 이, 인간…… 네가 제법 강한 건 인정한다. 그러나 너 역시 곧 죽게 될 것이다. 나, 나는 비록 죽지만…… 나의 복수를 데세오 님이 해 주실 테니까."

"데세오는 또 누구냐?"

"멍청한 놈이군. 위대하신 마왕 데세오 님을 모르다니."

"뭐? 마왕?!"

로이스가 놀라 눈을 크게 뜨자 하이칸은 사악하게 웃으며 말을 이었다.

"내가 죽으면 머지않아 데세오 님이 이곳에 강림하실 것이다. 너는 이제 뒈졌어, 새끼야."

하이칸은 로이스가 더욱 겁을 먹을 거라 기대했지만.

"그럼 그놈도 해치워 버리면 되겠지. 그렇지 않아도 마왕이 어떤 녀석인지 궁금했는데 잘됐군."

"머, 멍청한 놈 같으니. 마왕 데세오 님은 너 따위 놈 백 명이 있어도 못 죽여."

"그건 내가 알아서 할 테니 넌 그만 닥치고 사라져라."

로이스의 주먹이 불을 뿜었다.

"크아아악!"

결국 하이칸은 최후를 맞이했다.

그런데 바로 그 순간 로이스의 앞에 정체불명의 환영이 하나 나타났다.

스스스.

그 역시 거대한 오우거의 환영이었는데, 머리에 시뻘건 핏빛의 뿔이 박혀 있는 게 특이했다.

방금 죽은 하이칸과는 비할 수 없이 무시무시한 기세!

거대한 산 아니, 마치 그 산을 단번에 집어삼키는 가공스러운 해일을 보는 느낌이랄까?

"넌 누구냐?"

로이스는 흠칫 놀라 뒷걸음질 쳤다. 그러나 그 오우거는 사악하게 웃고만 있을 뿐 그 어떤 응답도 하지 않았다.

스스스.

일순간 오우거의 환영은 물거품처럼 흔적도 없이 사라졌다. 그러나 로이스는 자신을 노려보던 그 오우거의 섬뜩한 눈빛을 잊을 수 없었다.

'그놈은 뭐지? 혹시 하이칸이 말한 마왕 데세오라는 놈일까?'

왠지 그럴 것 같았다. 적어도 마왕 정도가 아니면 그토록 무시무시한 기세를 뿜어낼 리가 없을 것이다.

머지않아 그놈과 마주칠지도 모른다는 생각에 로이스는 잔뜩 긴장이 되지 않을 수 없었다.

화아아악!

그러다 로이스의 몸은 이내 환한 빛에 휩싸였다.

동시에 시커먼 숯검정처럼 변한 그의 피부가 본래의 백옥 같은 상태로 회복됐다.

이는 물론 레벨 업으로 인한 것이었다.

[미스토스의 은총이 당신의 노력에 대한 보상을 줍니다.]

[당신의 레벨이 올랐습니다.]

[당신의 레벨이 올랐습니다.]

[당신의 레벨이 올랐습니다.]

[당신의 최대 맷집과 최대 미흐가 대폭 증가합니다.]

놀랍게도 하이칸이 죽는 순간 로이스의 레벨은 3단계나 상승! 이로써 그의 레벨은 38이 되었다.

[봉인된 마력의 구슬을 얻었습니다.]

거기에 덤으로 하이칸의 마기가 응축된 마력의 구슬도 얻을 수 있었다.

이로써 봉인된 마력의 구슬을 두 개나 얻었다. 로이스는 결계 한쪽에 떨어져 있던 카젤의 구슬과 하이칸의 구슬을 한 손에 움켜쥐었다.

그리고 또 한쪽에 내팽개쳐져 있는 할버드도 챙겨 들었다.

물론 하이칸과 같은 강한 마족에게는 할버드 전술이 거의 쓸모가 없었음을 경험한 터라 그냥 버릴까 하는 생각도 잠시 들긴 했다.

그러나 로이스는 이내 고개를 흔들었다. 이런 멋진 모양의 무기를 버린다는 건 말도 안 된다. 특히나 맨손으로만 싸우면 무식하단 얘기를 들을 테니 무기는 필수다.

'할버드 전술의 단계가 낮아서 약했던 거야. 단계만 높이면 돼.'

물론 솔직히는 멋을 위해서일 뿐이지만, 로이스는 그렇게 스스로를 위로했다.

츳츳! 촤아아아—

그사이 하이칸이 만든 결계가 완전히 사라졌다.

하이칸의 죽음이 어떻게 알려졌는지 아시엘의 요새를 공격하던 마물들의 일부가 공포에 떨며 흩어지기 시작했다.

그러나 그것은 일부일 뿐 요새에 근접해 있는 마물들은 여전히 난폭하게 날뛰고 있었다.

"저놈들이!"

로이스는 당장이라도 달려가려 했는데, 문득 자신이 벌거숭이 상태임을 알고 약간 머뭇거렸다. 퉁퉁 부었던 얼굴과 숯검정처럼 타 버렸던 피부는 본래의 상태로 말끔하게 돌아왔지만 옷은 모두 불타 사라져 버렸으니 문제.

"로드! 여기 있습니다요."

그런데 그때 어떻게 알았는지 라크아쓰가 후다닥 달려와 옷과 망토를 내미는 것이었다. 로이스는 반색하며 그것들을 장착했다.

"그보다 상황이 어떻게 된 거냐?"

"로드께서 하이칸의 결계에 빨려 들어간 후 이틀이 지나자 요새를 보호하던 힘이 약해져 결국 저놈들이 쳐들어왔습니다."

그사이 이틀의 시간이 지났다는 건가.

다행히 미스토스 용병들이 목숨을 걸고 막아 내고 있어

아직 요새는 무너지지 않았지만, 모두들 많이 지쳐 있었다.

라크아쓰 역시 거의 만신창이 상태인 걸 보니 꽤나 고전한 기색이었다.

"근데 하이칸은 어떻게 됐습니까요?"

"해치웠어."

로이스가 아무렇지도 않은 듯 말했지만 라크아쓰는 경악했다. 그 끔찍한 마족이 정녕 죽었다는 말인가.

"쿠어!? 정말입니까?"

"내 말을 못 믿는 거냐?"

"케케! 아닙니다. 저는 로드께서 당연히 하이칸을 해치울 거라 생각했습니다. 어디 그따위 녀석이 로드의 상대나 되겠습니까요?"

"물론이야. 별거 아닌 녀석이었어."

사실은 죽을 고생을 하며 간신히 해치웠지만, 그런 걸 굳이 말할 필요는 없었다.

콰쾅! 쿠오오오오!

차창! 캉! 카캉!

"꾸어억!"

"크아아악!"

한편 그사이에도 요새는 치열한 전투 중이었다.

"크르르! 용자를 죽여라!"

"쿠우어어어! 모조리 때려 부숴라!"

자신들의 로드였던 하이칸이 죽었다는 사실을 아직 모르는 마물들이 많았다.

외곽 쪽에 있던 마물들은 로이스가 다시 모습을 드러낸 순간 슬금슬금 달아나기 시작했지만, 최전방에서 요새를 공격하고 있던 마물들은 아직 상황 파악을 못하고 있는 것이다.

그것은 아시엘 등도 마찬가지였다. 그들은 사악한 마물들의 습격에서 요새를 지키기 위해 기를 쓰느라 밖의 상황을 살필 겨를이 없었다.

"케켓! 저기다! 용자가 저기 있다!"

"크크큭! 용자를 죽여라!"

우르르 몰려오는 일단의 마물들. 아시엘은 푸른빛 완드를 앞으로 겨눴다.

"사라져랏!"

이 완드는 미스토스가 형상화된 무기로 오직 용자의 요새 내에서만 위력을 발휘한다. 사용 시 미스토스가 소모되는 만큼 용자나 그를 보좌하는 총사 혹은 집사만 쓸 수 있다.

파아아아—

완드에서 뿜어져 나간 푸른빛이 마물들에게 작렬한 순간 그것들은 이내 흔적도 없이 사라져 버렸다.

그러나 마물들은 죽은 것이 아니라 요새 밖으로 이동되었을 뿐이다.

그래도 이렇게 일부의 마물을 바깥으로 쫓아내는 것만으로도 아군에게는 매우 큰 힘이 되었다.

그렇지 않았다면, 스위니와 미스토스 용병들이 사방에서 파도처럼 밀려드는 마물들을 모두 상대하기란 불가능했을 것이다.

"이놈들, 사라져라!"

타르파 역시 아시엘과 같은 완드를 들고 마물들을 밖으로 내쫓기에 바빴다.

"모두 힘을 내세요. 절대 저 사악한 마물들에게 지면 안 돼요."

아시엘의 안색은 지쳐 보였지만 눈빛만은 죽지 않았다.

비록 마물들을 쫓아내기만 하고 있을지라도, 그저 무력하게 지켜보고만 있지 않아도 된다는 것!

어떻게라도 요새를 지키는 데 도움을 줄 수 있다는 것!

그것이 그녀에게 용자로서 자신감을 갖게 했다.

그뿐이 아니다. 비록 하루에 한 번만 가능하지만 용자의 팔루다멘툼으로 펼칠 수 있는 궁극기도 하나 있었으니.

용자의 오러!

그것은 마치 기적과도 같았다. 오직 용자만이 펼칠 수 있는 이 궁극기가 펼쳐지면 요새 안에 있는 아군의 모든 상태가 완벽하게 회복되어 버리기 때문이다.

그 대상이 사람이든 이종족이든 상관없으며, 심지어 네이더와 같은 몬스터라 해도 아군이면 모두 회복된다.

게다가 가이드 타워나 석벽, 목책과 같은 방어 시설도 새것처럼 변한다.

다만 하루에 한 번만 가능하다는 것!

또한 그것을 펼치는 순간 아시엘의 마나가 모두 소진되어 버리는 터라 회복을 위해서는 적지 않은 시간이 소요된다는 것!

이로 인해 용자의 오러는 매우 신중하게 펼쳐야 했다.

지금이 바로 그때였다.

괴력의 마물들로 인해 스위니가 적지 않은 부상을 입었고, 용맹한 미스토스 용병들 역시 체력이 떨어져 움직임이 둔해졌다.

이꼬트 아린과 디안도 마나가 모두 소진되어 더 이상 주술을 펼칠 수 없는지 숨을 몰아쉬며 비틀거렸다.

또한 라크아쓰의 부하들인 네이더들도 온통 상처투성이였으니.

비록 모습은 좀 흉측하지만 네이더들은 매우 충성스러운 전사들. 이번 방어전에 많은 도움을 주었다.

게다가 네 개의 가이드 타워는 모두 부서졌고 석벽도 일부가 내려앉는 등 요새 자체가 거의 무력화된 상태였다.

타르파가 다급히 아시엘을 바라봤다.

"아시엘 님! 이대로라면 요새가 무너지고 맙니다."

"네. 염려 말아요."

아시엘은 고개를 끄덕였다. 용자의 오러는 하루 한 번일지라도 마나가 없으면 펼칠 수 없었다.

따라서 만약 그녀가 이전처럼 저주로 인해 마나를 모을 수 없었다면 용자의 오러는 그녀에게 그저 그림의 떡에 불과했을 것이다.

그러나 용자의 팔루다멘툼을 얻으며 그녀의 저주는 풀렸고 이제 마나를 자유롭게 쓸 수 있게 됐다.

다행히 지금도 막 용자의 오러를 펼칠 수 있을 만한 마나가 회복된 상태.

'지친 모두에게 회복을!'

순간 그녀가 걸친 자줏빛 망토인 용자의 팔루다멘툼에서 투명한 푸른빛이 일어나 사방으로 뻗어 나갔다.

번쩍! 화아아악!

이 신비로운 광채는 점점 더 강렬해지더니 순식간에 요새 전체를 뒤덮었다.

"오! 이것은?"

"와아! 용자의 오러다!"

"우하하하! 용자 아시엘 님 최고입니다!"

용병들이 일제히 환호했다. 단번에 체력과 마나가 모두 회복되었기 때문이다. 덕분에 용병들의 움직임이 빨라졌다.

"호호! 이때를 기다렸어요, 아시엘 님!"

스위니의 검에서 다시 오러가 피어나기 시작했다. 방금 전까지 체력과 마나가 모두 소진되어 마물들에게 일방적으로 밀리고 있던 그녀였다.

그런데 용자의 오러는 그녀의 상태를 완전히 회복시켜 주었다.

그녀는 즉시 자신을 포위한 스네이크맨들을 향해 검을 겨눴다.

"각오해, 마물들!"

롱소드의 검신에서 번쩍이는 푸른빛의 오러를 본 스네이크맨들이 흠칫 놀라 뒷걸음질 쳤다.

하나의 몸체에 뱀의 머리가 두 개 달린 이 스네이크맨들은 마물들 중 가장 많은 숫자를 차지했는데, 리자드맨들보다 한 단계 높은 전투력을 보유하고 있어 상대하기가 극히 까다로웠다.

팟! 서걱!

"꾸어어억!"

그러나 오러가 맺힌 검 앞에서는 스네이크맨들도 무력했다. 스위니는 종횡무진 검을 휘둘러 요새에 침투한 스네이크맨들을 쓰러뜨렸다.

또한 이꼬트 아린과 디안도 마나가 회복되자 다시 주술을 펼쳤다.

"받아랏! 혼란의 바람!"

"이얏! 속박의 넝쿨!"

혼란의 바람에 휩싸인 스네이크맨들은 적아를 구분 못하고 자신들끼리 뒤엉켜 싸웠다. 또한 속박의 넝쿨이라 불리는 굵은 식물 줄기들이 땅에서 솟아올라 스네이크맨들을 휘감았다.

으드드득!

"끄악!"

"꾸어어억!"

괴력의 넝쿨에 휘말린 스네이크맨들은 그대로 목숨을 잃었다.

어린 이꼬트들이 펼친 주술이라 해서 만만히 볼 것이 아니었다.

네이더들도 멀뚱히 보고만 있지는 않았다. 그것들은 요리조리 눈치를 보며 슬쩍 슬쩍 거미줄을 쏘아 스네이크맨들을 묶어 버렸다. 그렇게 거미줄에 걸린 스네이크맨들은 용병들이 달려가 손쉽게 해치웠다.

"으하핫! 거미들이 도와주니 편한 걸."

"하하하! 고맙다, 거미들."

"크아악!"

"꾸어어억!"

부서졌던 네 개의 가이드 타워에서도 화살이 비 오듯 쏟아져 나왔다. 다시 전투는 치열해졌지만 아시엘의 진영은 활기가 넘쳤다.

마치 가뭄에 시들어 버렸던 식물들이 단비를 만나 생기를 얻은 것과 같았다.

멀리서 그 광경을 본 로이스는 감탄했다.

'저게 바로 용자의 오러?'

자신의 마나를 희생해 아군 전체를 회복시키는 용자의 궁극기!

소설책에서 봤던 용자의 가장 멋진 모습 중 하나다.

왠지 부러웠지만, 로이스는 더 이상 용자를 부러워하지 않기로 했다.

이젠 그 자신에게 주어진 미스토스 군주로서의 운명에만 충실하기로 결심했기 때문이다.

"그럼 또 움직여 볼까?"

로이스는 봉인된 마력의 구슬을 로브의 주머니에 잘 넣

은 후 할버드를 번쩍 쳐들었다.

아시엘이 비록 용자의 오러를 펼쳐 위기를 모면했지만, 그래 봤자 간신히 버티는 수준일 뿐. 마물들을 격퇴하기에는 역부족이었다.

이대로라면 결국 아시엘의 요새는 부서지고 저곳은 마물들의 소굴이 되고 말 것이다.

물론 그것은 로이스가 없을 때의 얘기다.

"으하하하핫! 이 사악한 마물들, 모조리 없애 주마!"

로이스가 크게 포효하며 달려가자 마물들이 움찔 몸을 떨었다.

"크헉!"

"저, 저놈은!"

당황한 마물들 사이로 돌풍처럼 내달리는 로이스. 그의 시선은 마물 중 하나에 고정되어 있었다.

음침한 핏빛의 로브를 입고 있는 마물.

스네이크맨 메이지 네크!

그는 최상급 마물이었다. 하이칸과 카젤이 죽은 지금 마물 군단에서 가장 강한 존재로, 마물들은 그의 지시를 따르고 있었다.

네크 역시 아시엘의 요새를 함락시키는 데만 정신이 팔려 있다가 이제야 로이스를 발견했다.

"네, 네놈이 어떻게? 하이칸 님은 어찌 되었느냐?"

"그놈은 죽었지. 그러니 너도 죽어라."

로이스는 할버드를 휘둘렀다. 순간 네크가 앞에 커다란 방패를 소환해 로이스의 할버드를 막았다.

콰앙!

"그딴 걸로 막을 수 있을 것 같냐?"

로이스는 할버드로 방패를 마구 가격했다.

콰쾅! 파스스스.

눈 깜짝할 사이에 방패가 가루로 변해 버리자 네크는 기가 찬 표정을 지었다. 마기로 이루어진 어둠의 방패를 저리 쉽게 박살 내 버릴 줄은 몰랐던 것이다.

"무더으랄 루브랄 아마스칼!"

그는 즉시 로이스를 노려보며 뭐라 주문을 외웠다. 순간 앞으로 내민 그의 지팡이에서 시뻘건 불덩이가 소환되어 로이스를 향해 날아들었다.

화르르르!

전방에서 쇄도하는 시뻘건 화염구를 본 로이스는 코웃음 쳤다.

"뭐냐? 또 불덩인가?"

네크가 날린 불덩이가 제법 무시무시해 보이지만 그래 봤자 아까 하이칸이 날린 유황불에 비하면 아무것도 아니다.

마족 하이칸의 유황불에 적중되고도 멀쩡히 살아남은 로이스에게는 그저 가소로울 뿐. 곧바로 그는 불덩이를 가볍게 피한 후 그대로 달려가 할버드를 휘둘렀다.

쒜엑! 퍼억!

"크아아악!"

네크의 허리가 단번에 동강이 나 버렸다. 연이어 다시 작렬한 할버드의 창날이 네크의 심장을 꿰뚫었다.

와작! 콰아앙!

네크의 몸은 연기로 변해 흩어졌다.

"별것도 아닌 녀석이 마법은 무슨."

어차피 상대도 안 되는 녀석이지만, 그래도 마법사인 터라 쓸데없는 잔수작을 더 부리기 전에 최대한 빨리 해치운 것이었다.

그렇게 네크가 죽자 마물들은 기겁하며 사방으로 흩어지기 시작했다.

"와아아아!"

그 순간 아시엘의 요새에서 커다란 환호성이 울렸다.

"로이스 님!"

"오오! 로이스 님이 나타났다!"

"와아! 로이스 님이 마물 대장을 해치웠다!"

갑자기 나타나 전세를 순식간에 역전시켜 버린 로이스를

보며 다들 탄성을 질렀다.

그렇지 않아도 로이스가 하이칸과 함께 사라진 뒤 모두들 걱정했던 것이다. 아시엘이 크게 외쳤다.

"로이스 님! 무사하셨군요. 하이칸은 어찌 되었죠?"

"해치웠어!"

"아!"

아시엘의 얼굴이 기쁨으로 물들었다. 타르파 등도 일제히 환호했다.

"오오! 역시 로이스 님!"

"승리하셨군요, 로이스 님!"

"후후, 당연하지."

로이스는 그들에게 손을 흔들어 화답하고는 곧바로 마물들을 쫓아가며 할버드를 휘둘렀다.

휙! 퍼퍽! 푸확!

"크아아악!"

"꾸어억!"

사방으로 흩어지는 마물들을 다 쫓아가 죽일 수는 없는 일.

그래도 로이스는 꽤 멀리까지 추격하며 눈에 보이는 마물들을 모조리 해치웠다. 그래야 두 번 다시 마물들이 아시엘의 집을 넘보지 않을 것이기 때문이다.

이에 고무되었는지 스위니와 미스토스 용병들, 그리고
네이더들도 로이스를 뒤따르며 마물들을 해치웠다.

그렇게 마족 하이칸과 용자 아시엘의 전쟁은 아시엘의
승리로 끝났다.

그 와중에 로이스는 마물 학살자라는 칭호도 얻었다.

[수많은 마물들을 도살한 마물 학살자여! 그
대는 이제 마물들에게 무한한 두려움을 줄 것입니
다.]

[전투력이 약한 마물들은 그대를 보자마자 엎드
려 굴복할 것입니다.]

* 마물 학살자
─칭호 등급 : 영웅
─모든 종류의 무기를 장착 시 공격력이 증가함
─포식자의 위압 3단계.

'또 칭호를 얻었네.'

로이스는 흐뭇하게 웃었다. 뭔가 또 강해졌다는 증거이
리라.

　　　　　*　　　　*　　　　*

　잠시 후 로이스가 귀환하자 아시엘은 타르파와 함께 서
서 정중히 그를 맞이했다.

　"고생하셨어요, 로이스 님. 오늘의 승리는 모두 당신 덕
분이에요."

　"로이스 님 앞에서 마족과 마물들이 먼지처럼 스러지더
군요. 정말 멋졌습니다."

　타르파는 침까지 튀겨 가며 말했다.

　로이스는 미소 지었다.

　"나 때문이라기보다는 다들 열심히 싸운 덕분이지. 사실
하이칸은 별거 아닌 녀석이었어."

　그러나 로이스의 그 말을 믿는 이는 없었다. 하이칸이 정
말로 그렇게 별거 아닌 존재였다면, 저 막강한 전투력의 로
이스가 무려 이틀이 넘게 그와 사투를 벌였을 리 없으니 말
이다.

　그런데 로이스가 그렇게 말해 주니 모두들 왠지 가슴이
뿌듯했다. 아시엘 역시 마찬가지.

　"맞아요. 모두가 열심히 싸워 줘서 이길 수 있었죠."

　그렇지 않았다면 마물들로부터 요새를 지켜낼 수 없었으
리라.

곧바로 환하게 웃는 아시엘의 눈에는 기쁨과 감동의 눈물이 가득 고였다.

'마족으로부터 요새를 지켜 내다니. 정말 꿈만 같구나.'

마족 하이칸이 수천의 마물들과 함께 몰려올 때는 정말 절망스러운 마음만 가득했다.

특히 로이스가 하이칸과 함께 사라지고, 마물들이 급기야 미스토스의 방어 결계를 넘어 공격해 올 때는 그 상황이 꿈이었으면 싶었다.

그러나 하이칸과 마물들은 사라졌다.

전투에서 승리했다.

[용자 아시엘! 그대는 임무를 성공적으로 완수했으니 보상을 받을 자격이 있도다.]

문득 아시엘의 시야에 환청처럼 나타나는 글자들.

그 순간 타르파가 환호했다.

"아시엘 님, 지금 5카퍼스의 미스토스가 보상으로 들어왔습니다."

"오! 그렇군요."

"그뿐이 아닙니다. 마족과 마물들로부터 성공적으로 요새를 방어하면서 추가로 5카퍼스의 미스토스를 더 얻었지요."

도합 10카퍼스!

지난번 아시엘의 초가집을 요새로 만드는 데 1카퍼스의 미스토스가 들었다.

그런데 지금은 그보다 무려 10배나 많은 미스토스가 쌓인 것이다.

타르파가 눈을 빛내며 말했다.

"이제 아시엘 님의 요새를 더욱 강화할 때입니다. 제게 미스토스의 사용을 허락해 주시겠습니까?"

"허락할게요."

아시엘 역시 바라던 바였다.

아시엘이 허락하자마자 타르파를 중심으로 붉은빛의 폭풍이 일어나 아시엘의 요새를 뒤덮었다.

화아아아악!

모두들 눈이 부셔 잠시 눈을 감아야 했다.

제법 많은 작업이 필요한 듯 시간이 꽤 흘렀다.

그러나 모두에게는 그리 지루한 느낌이 들지 않았다. 마치 시간이 정지되어 있는 듯한 기분도 들 정도였다.

그렇게 또 한참의 시간이 흘렀을까?

일순간 빛이 사라져 자연스레 눈을 뜬 순간 모두의 입에서 탄성이 터져 나왔다.

"우와! 성이다!"

"세상에!"

"오오! 정말 멋집니다!"

작은 요새 크기였던 아시엘의 집이 이제는 거대한 성(城)으로 바뀐 것이었다.

높은 성벽이 사방을 두르고, 북쪽에는 원기둥 형상의 대형 탑이 생겨났다.

성벽을 따라 서 있는 수십 개의 가이드 타워들!

성의 내부에는 황량한 마당만 있는 것이 아니었다. 서쪽에는 병사들이나 용병들이 머물 수 있는 커다란 병영과 훈련소가 위치했다.

언뜻 보이는 미스토스 용병들의 숫자는 1000명은 되어 보였다. 그사이 타르파가 고용한 모양이었다.

분수가 있는 중앙 광장 주위로 보이는 예쁜 집과 건물들.

동쪽에 위치한 릴리아나의 꽃밭은 예쁜 나무들로 둘러싸여 작은 숲을 이루었다.

그 숲에서 남쪽으로 내려가면 감자밭과 약초밭, 과일 밭 등이 나타난다. 특히 감자밭은 이전보다 단계가 높아져 보다 많은 소출이 나게 될 것이다.

'......!'

모두가 놀랐지만 이 순간 가장 놀란 이는 물론 아시엘이었다.

10카퍼스나 되는 미스토스가 이런 식의 기적을 일으키게 될 줄이야.

타르파가 미소 지었다.

"놀라지 마십시오. 이제 시작일 뿐입니다. 앞으로 더 많은 미스토스가 쌓이면 이보다 비할 수 없이 멋진 성으로 변할 겁니다."

"지금도 충분히 멋진 걸요."

불과 며칠 전까지만 해도 다 쓰러져 가는 초가지붕집에서 살았던 아시엘이었다.

그런데 지금은 성이다. 그것도 매우 아름다운 성.

"이제 이 성의 이름을 지어 주십시오."

"이름을요?"

"예, 아직 이름이 없거든요."

"뭐가 좋을까요?"

"하핫! 뭐 딱히 생각나는 이름이 없으면 그냥 타르파 성이라고 해도……."

"그럴 수는 없죠."

아시엘은 힐끗 타르파를 노려봤다. 잘 나가다가 꼭 뭔가 욕먹을 짓을 하는 집사. 그는 타르파였다. 스위니 역시 타르파가 못마땅한 듯 노려봤다.

그러자 한쪽에서 성을 두리번거리며 구경하고 있던 로이

스가 불쑥 말했다.

"그냥 로이스 성은 어때?"

"……."

"기왕 이렇게 된 거 스위니 성은요?"

"……."

"케케. 라크아쓰 성은 어떻습니까요?"

"……."

다들 자신의 이름을 한 번씩 말하고는 따가운 눈총을 받
았다.

"그냥 콱 아시엘 성으로 해 버릴까 보다."

"헤헤. 뭐 그것도 나쁘진 않군요."

타르파가 머리를 긁적였다. 아시엘이 미소 지었다.

"성의 이름이 방금 전 계시로 주어졌으니 굳이 머리 아
프게 따로 지을 필요는 없겠어요."

"오! 계시라고요?"

"네."

아시엘의 시야에 환영처럼 나타난 찬란한 빛의 글자.

[아스피스 성]

그와 함께 신비한 나무 그림과 어우러진 방패 형상의 문

양도 보였다. 아시엘은 그 이름과 문양이 무척 마음에 들었다.

"이제 이곳은 아스피스 성이에요."

"오! 괜찮군요."

"아스피스 성! 멋져요."

"케케! 확실히 라크아쓰 성보다 훨씬 낫군요."

모두들 환호했다. 로이스도 웃으며 고개를 끄덕였다.

"괜찮은 이름이네. 멋진 성을 얻은 걸 축하해."

"로이스 님이 하이칸을 해치우지 않았다면 불가능한 일이었어요. 정말 고마워요."

아시엘은 진심으로 로이스가 고마웠다. 그에게는 고맙다는 말을 아무리 많이 해도 모자랄 것이다.

"고맙긴. 난 용병이니 당연한 일을 한 거지. 그럼 난 이만 쉴게."

로이스는 흐뭇한 미소를 지으며 꽃밭으로 들어갔다.

꽃밭의 정원에는 릴리아나가 잔뜩 상기된 표정으로 서 있었다.

"로이스 님!"

"뭔가 좋은 일이라도 있어?"

"물론이죠. 무려 12카퍼스나 되는 미스토스를 얻으셨잖아요."

이는 아시엘이 임무 보상을 통해 받은 것보다도 더 많았다.

로이스는 직접 강한 마족들과 마물들을 대거 해치웠다. 거기에 용자를 도와줌으로 인해 추가된 보상도 있다.

그뿐인가. 미스토스의 은총과 미스토스의 날개가 주는 추가 보상까지.

그것들을 합치니 무려 12카퍼스!

"호호호!"

릴리아나는 무척이나 기쁜지 만면에 미소를 짓고 있었다. 로이스도 덩달아 기분이 좋아졌다.

"그래? 하긴 마족을 둘이나 죽였으니까."

"대단하군요."

"대단하긴. 별거 아닌 녀석들이었어."

그 말과 함께 로이스는 로브 주머니에서 봉인된 마력의 구슬 2개를 꺼내 릴리아나에게 내밀었다.

순간 환하게 웃고 있던 릴리아나의 얼굴이 살짝 굳어졌다.

"윽! 그건?"

"마력의 구슬이야. 봉인을 풀 수 있겠지?"

"호호, 물론이죠."

다시 생긋 웃는 릴리아나. 그러나 속으로는 울상을 지었다.

마력의 구슬이 하나도 아닌 둘이라니!!

마족의 힘이 봉인되어 있는 만큼 저 봉인은 절대 쉽게 풀리지 않는다.

또 얼마나 머리카락을 쥐어뜯어야 할까. 갑자기 골치가 아파 왔다.

그러나 그건 나중 일이고 지금은 그보다 훨씬 신나는 일이 있다.

"로이스 님, 미스토스가 잔뜩 쌓였으니 꽃밭을 넓혀야겠어요. 제게 미스토스의 사용을 허락해 주시겠어요?"

"물론이야. 어서 해 봐."

로이스는 기꺼이 고개를 끄덕였다. 그렇지 않아도 아시엘이 미스토스를 통해 멋진 성을 얻은 것을 보고 내심 부러워하고 있던 터였다.

〈다음 권에 계속〉